本书属于国家社科基金重大项目
——“梵文研究及人才队伍建设”

梵语文学译丛

茉莉和青春

मालतीमाधव

[印度] 薄婆菩提 著
黄宝生 译

中西書局

“梵语文学译丛”总序

在古代文明世界中，印度和中国一样，是当之无愧的文学大国。它产生了印欧语系最古老的诗歌总集，宏伟的两大史诗，丰富的神话传说和寓言故事，精美的抒情诗、叙事诗、戏剧和小说，以及独树一帜的文学理论体系。而且，印度古代文学产生过世界性影响，此影响依托的重要媒介是宗教。对中国和东北亚各国的影响媒介主要是佛教，对南亚和东南亚各国的影响媒介是佛教和婆罗门教兼而有之。而印度古代文学中的寓言故事以及古典梵语文学，对古代和近代世界的影响尤为普遍，范围远远超出亚洲。因此，在世界文学发展史上，印度古代文学无疑占有重要的一席。

印度古代文学可分为五个时期：吠陀文学时期、史诗时期、古典梵语文学时期、各种地方语言文学兴起时期和虔诚文学时期，时间跨度为公元前15世纪至公元19世纪。梵语是印欧语系中古老的一支，也是古代印度12世纪以前的主流语言。从广义上说，梵语包括吠陀梵语、史诗梵语和古典梵语。我们通常所说的梵语主要是指史诗梵语和古典梵语。吠陀梵语可称为古梵语，或径称为吠陀语。史诗梵语相对于古典梵语而言，是通俗梵语。与梵语和梵语文学同时存在的还有印度各地的方言俗语及其文学。梵语和梵语文学自12世纪开始消亡，由印度各种地方语言及其文学取而代之。

印度古代宗教发达，主要有婆罗门教、佛教和耆那教三大宗教。婆罗门教始终在印度古代文化中占据主流地位。同样，在12世纪之前的印度古代文学中，婆罗门教文化系统的梵语文学也占据主流地位。佛教和耆那教早期使用方言俗语，后期也使用梵语，故而，梵语文学也包括佛教和耆那教的梵语文学。

中国和印度有两千多年的文化交流史。佛教自西汉末年传入中国，东汉开始大量佛经得到翻译，历久不衰，至唐代达到鼎盛。佛经的输入，在语言、音韵、文体、题材、艺术表现手法等诸方面对中国古代文学的发展产生过深远影响。然而，佛教文化只是印度古代文化的一个组成部分。同样，佛教文学也只是印度古代文学的一个组成部分。而我国古代高僧只注意翻译佛教经籍和文学，所以从汉语《大藏经》中无法了解印度古代文学全貌。

20世纪上半叶，以获得诺贝尔文学奖的印度诗人泰戈尔访华为机缘，中印文化交流出现新的高潮。中国文学界在翻译介绍以泰戈尔为代表的印度现代文学的同时，也注意到印度古代文学，尤其是迦梨陀娑的作品，出现多种从英语或法语转译的《沙恭达罗》汉译本。此外，商务印书馆曾出版许地山的《印度文学》（“百科小丛书”之一，1931），中华书局曾出版英国麦克唐纳的《印度文化史》（龙章译，1948）。这两本书都有利于国内读者了解印度古代文学的概貌。

20世纪下半叶，我国对印度梵语文学的翻译介绍取得了长足进步。1956年，迦梨陀娑被世界和平理事会列为该年纪念的世界文化名人之一。同年，我国首次出版了从梵语原著翻译的迦梨陀娑的戏剧《沙恭达罗》（季羡林译）和抒情长诗《云使》（金克木译）。此后，直接从原文翻译的梵语文学作品在国内陆续问世，如戒日王的戏剧《龙喜记》（吴晓铃译，1956）、首陀罗迦的戏剧《小泥车》（吴晓铃译，1957）、寓言故事集《五卷书》（季羡林译，1959）、迦梨陀娑的戏剧《优哩婆湿》（季羡林译，1962）、抒情诗集《伐致呵利三百咏》（金克木译，1982）和

《印度古诗选》(金克木译,1984)。1964 年,金克木撰写的《梵语文学史》出版,对印度古代梵语文学做了比较全面的介绍和论述。此外,1960 年,季羡林和金克木两位先生在北京大学东方语言文学系开设了现代中国的第一届梵文巴利文班,培养了国内第一批梵文和巴利文人才。

1985 年,季羡林翻译的史诗《罗摩衍那》汉语全译本出版,2005 年,我主持集体翻译的史诗《摩诃婆罗多》汉语全译本出版。这样,印度两大史诗的翻译在我们师生两代手中得以完成。然而,印度古典梵语文学宝库中的许多文学珍品还有待我们翻译介绍。鉴于这种考虑,我们决定与上海中西书局合作,编辑出版“梵语文学译丛”,希望在中国文学翻译界营造的世界文学大花园中增加一座梵语文学园。

我们的目标是用十年时间,将印度文学史上具有重要地位的梵语文学名著尽可能多地翻译出来,以满足国内读者阅读和研究梵语文学的需要。尽管至今国内从事梵语文学翻译和研究的学者依然为数有限,但我们愿意尽绵薄之力,努力争取达到这个目标。

黄宝生

前 言

薄婆菩提（Bhavabhūti，7—8 世纪）是著名的古典梵语戏剧家。他出身于一个婆罗门世家，学问渊博；他热爱戏剧艺术，与剧团演员交往密切，著有三部戏剧：《大雄传》《茉莉和青春》和《罗摩后传》，在印度古典梵语戏剧史上享有崇高地位[①]。

《茉莉和青春》（*Mālatīmādhava*）是十幕剧，描写的是两对青年争取自由婚姻的故事。茉莉是波德摩婆提国大臣菩利婆苏的女儿，青春是维达巴国大臣提婆罗多的儿子。早在菩利婆苏和提婆罗多的学生时代，他俩就立誓结为儿女亲家。儿女长大成人后，提婆罗多表面上打发儿子青春到波德摩婆提国求学，实际上是想提醒菩

① 关于薄婆菩提的简要生平事迹，可参阅本丛书的《罗摩后传》（中西书局，2018）前言。

利婆苏履行过去的誓约。然而，国王出面要求菩利婆苏将茉莉许配自己的宠臣南达纳。菩利婆苏难以拒绝国王的要求，于是暗中请求茉莉的教母——尼姑迦曼陀吉帮忙。迦曼陀吉早年与菩利婆苏和提婆罗多是同学，她决心从中撮合，成全茉莉和青春的姻缘。剧情由此展开。

第一幕：茉莉和青春互不认识，也不知道父辈为他俩订下的婚约。迦曼陀吉在女弟子阿婆罗吉达和茉莉的女友罗宛吉迦的协助下，巧妙地为茉莉和青春制造见面的机会。茉莉和青春一见钟情，互相爱慕。后来，茉莉画了一幅青春的肖像画。青春见到这幅画，明白了茉莉的心迹。他在自己的肖像旁画上茉莉的肖像，并题了一首诗：

世上有新月等等美景，
令人心醉，令人神迷，
而唯独目睹她的美貌，
才是我平生盛大节日。(1.29)

第二幕：茉莉见到画像和题诗，也明白了青春的心迹。她向罗宛吉迦倾诉自己的相思之苦：

这爱情像持续不断扩散的烈性毒药，
也像借助风势猛烈燃烧的无烟之火，
又像高烧发热，折磨我的全身肢体，
我的父母，还有你，都不能保护我。（2.1）

罗宛吉迦鼓励她与青春自由结合，但她怕辱没家族名声。后来，迦曼陀吉前来告诉她说，国王已经将她许配国王的宠臣南达纳。这消息对茉莉如同晴天霹雳。迦曼陀吉暗示她效法古代的沙恭达罗、优哩婆湿和仙赐，与青春自主结婚。

第三幕：在迦曼陀吉的安排下，罗宛吉迦陪同茉莉在花园中采花，青春也来到花园，躲在树丛中偷看茉莉。青春第一次亲耳听到茉莉说话的声音，无比激动：

乍闻心上人的话音，
我浑身颤抖汗毛竖，
犹如喜逢新雨普降，
迦昙波树顿时发芽。（3.7）

迦曼陀吉、罗宛吉迦和茉莉谈话之时，忽然有呼救声传来：老虎出笼，南达纳的妹妹摩德衍蒂迦有生命危险！在场的人闻声前往。这时，青春的朋友摩格伦德杀死老虎，救出摩德衍蒂迦，而他自己身受重伤。

第四幕：南达纳家的侍从前来召唤摩德衍蒂迦回家，说是国王已经宣布将茉莉许配给她的哥哥。青春和茉莉听此消息，万分懊丧。迦曼陀吉安慰青春，表示一定尽力促成他和茉莉的姻缘。茉莉埋怨父亲残忍，哀叹自己命苦，失去了生存的愿望。

第五幕：青春来到火葬场叫卖人肉，意在取得妖魔的恩惠，实现自己的愿望。这时，他忽听火葬场附近的神庙里传来哭喊声，原来是一对妖巫师徒已将茉莉抓来，准备用她祭神。茉莉在临死前表达对青春的眷恋。妖巫举剑欲斩之际，青春冲上前去，救出茉莉。青春愤怒地责骂妖巫：

> 你怎么会决意要让这生活失去价值，
> 三界的瑰宝遭劫掠，人间失去美景，
> 亲人归依死亡，爱神失去往日骄傲，
> 人们失去视觉，三界变成荒芜森林？（5.30）

最后，青春与妖巫交战，杀死妖巫。

第六幕：茉莉就要嫁给国王的宠臣南达纳。在举行婚礼之前，茉莉到庙中拜神。迦曼陀吉事先已安排青春和摩格伦德藏在庙中。茉莉在庙中向女友罗宛吉迦倾诉自已对青春忠贞不渝的爱，表示要以身殉情。她伤心地扑倒在罗宛吉迦脚下时，青春走出来，代替罗宛吉迦站在茉莉跟前。茉莉泪眼模糊，站起身来拥抱“罗宛吉迦”，而没认出是青春。随后，她把青春送给她的花环作为最后的纪念品佩戴在“罗宛吉迦”胸前时，才发现自己拥抱的原来是青春。趁此机会，大家说服茉莉与青春自主结婚。迦曼陀吉对茉莉说道：

你们两个一见钟情，随即心心相印，
你们两个身体日益消瘦，同病相怜。
姑娘啊！面对心爱的情郎切莫犹疑，
让造物主的智慧和爱神的愿望实现。（6.15）

迦曼陀吉让茉莉和青春到她寺院后面的花园里去举行婚礼，并让摩格伦德男扮女装，冒充茉莉去嫁给南达纳。

第七幕：摩格伦德冒充茉莉，藏在茉莉卧室中。南达纳前来迎接新娘，遭到这位假扮的新娘的斥责和拒绝。南达纳怒而离去。随后，摩德衍蒂迦前来，想要斥责“茉莉”对她哥哥的无礼行为。但罗宛吉迦和迦曼陀吉的女弟子菩陀罗奇达巧妙地把话题引向摩格伦德，诱使摩德衍蒂迦吐露自己对摩格伦德的炽热爱情。于是，摩格伦德趁此机会拉住摩德衍蒂迦的手，也向她表白爱情。在菩陀罗奇达的鼓动下，他俩仿效茉莉和青春，前往迦曼陀吉的寺院自主结婚。

第八幕：国王派兵前来抓捕，摩格伦德和青春奋力抵御。国王看到他俩英勇非凡，又得知他俩出身高贵，便说服菩利婆苏和南达纳承认既成事实。而那时茉莉因孤身一人待在一边，被一个小妖巫劫走。这个小妖巫就是青春在火葬场上杀死的那个妖巫的徒弟。她为了替师父报仇，准备杀害茉莉。

第九幕：青春和摩格伦德四处寻找茉莉。青春忧心如焚，失魂落魄。他哀叹道：

痛苦撕裂我的心，却没有撕成两半，
身体虚弱而昏沉，却没有失去知觉，
体内火焰在燃烧，却没有化为灰烬，
命运打击致命处，却没有夺走生命。(9.12)

他一次次昏厥。后来，摩格伦德以为他已经死去，也哀伤不已，决定投河自尽。这时，迦曼陀吉以前的女徒弟绍达蜜尼赶到，拉住了他。绍达蜜尼是个瑜伽行者，具有超凡神通力，已经从小妖巫手中救出茉莉。

第十幕：青春偕同茉莉归来。茉莉的父亲因忍受不了失去女儿的痛苦，已经上山，准备自焚。茉莉听此消息，昏厥过去。众人向绍达蜜尼求救。绍达蜜尼召来一阵急雨，浇醒茉莉，并及时救下正要投身火堆的茉莉的父亲。最后，绍达蜜尼带来国王的信，信中表示应允茉莉和青春、摩德衍蒂迦和摩格伦德两桩婚姻。于是皆大欢喜，有情人终成眷属。

薄婆菩提在此剧中热情讴歌青年男女追求恋爱和婚姻自由的强烈愿望和勇敢精神。他认为爱情出于“内在的原因”，“并不依靠外在的条件”(1.17)，指责“那些擅长政治计谋的人无视品德，不关心儿女的幸福”(2.7)。青春和茉莉、摩格伦德和摩德衍蒂迦这两对青年真心相爱。青春和摩格伦德敢于冲破礼教的束缚，甚至发展到以武力抵抗，迫使最高统治者让步，这样的大胆泼辣、锋芒毕露，在古代印度描写爱情的剧作中是罕见的。

《茉莉和青春》一剧充分展现薄婆菩提的编剧才能和艺术才华。在戏剧结构上，他巧妙地将两对青年的爱情故事交织在一起，互相映衬，互相促进。这是剧情发展的主线。同时，他隐埋一条暗线，即迦曼陀吉出于与菩利婆苏和提婆罗多的同学之谊以及对茉莉和青春的慈爱，巧用智慧，促成两对青年实现美好姻缘。薄婆菩提想象力丰富，善于添加插曲，制造巧合，使剧情发展扣人心弦。男女主人公心理刻画细腻，感情色彩浓烈。

按照印度古代戏剧学的味论，“味”（rasa）被视为戏剧的灵魂。“味”指戏剧表演艺术的感情效应，即观众在观剧时体验到的审美快感。味有九种：艳情味、滑稽味、悲悯味、暴戾味、英勇味、恐怖味、厌恶味、奇异味和平静味。《茉莉和青春》以艳情味为主味。艳情味又分为会合艳情味和分离艳情味，《茉莉和青春》以分离艳情味为主味。剧中两对青年表达的炽热相思，以及茉莉和青春处于危难境地时表达的以身殉情的凄苦悲情，哀婉动人。剧中的其他味辅助这个主味，如摩格伦德从虎口救出摩德衍蒂迦、青春从妖巫剑下救出茉莉、摩格伦德和青春武力抗拒国王卫队的抓捕，这些是英勇味；坟场妖魔鬼怪吞噬死尸的场面是恐怖味和厌恶味；妖巫企图把茉莉当作祭品供神是暴戾味；绍达蜜尼凭借神通威力救护茉莉是奇异味。而后期梵语戏剧学家认为味不止上述九种，还有慈爱味和友爱味等。那么，此剧中，迦曼陀吉真心关爱茉莉和青春是慈爱味，罗宛吉迦和茉莉、摩格伦德和青春之间的真挚友谊是友爱味。总之，《茉莉和青春》充分展示各种情味，也是这部戏剧的重要特色。

按照梵语戏剧学，戏剧分为十种类型，其中最主要的是传说剧和创造剧。传说剧以著名的传说为题材，主角通常是国王或天神。创造剧则以现实社会生活为题材，主角是社会上各种人物。迦梨陀娑的《沙恭达罗》和《优哩婆湿》，以及薄婆菩提的另两部剧作《大雄传》和《罗摩后传》，都属于传说剧，而《茉莉和青春》属于创造剧。这部戏剧的基本素材源自印度古代世俗故事集《故事海》第十三卷《摩蒂罗婆提》中的故事，并吸收了《故事海》中其他故事的某些素材[①]，薄婆菩提对它们加以创造性改编，创作出了这部优秀的古典梵语戏剧。

古典梵语戏剧也可以称为诗剧。《茉莉和青春》全剧有二百多首诗歌，语言优美，韵律多变，共使用二十四种诗律。我们也可以看到，这些诗歌大多采用音节较多的诗律，即每行十几个至二十一个音节，甚至其中有一首诗（5.23）每行五十四个音节，四行共二百十六个音节。而且，诗中也经常使用长复合词。这表明薄婆菩提偏爱诗歌语言艺术中的繁缛（或雕琢）风格。另外，散文台词中多次出现长篇台词，并且使用冗长的句子，句中

---

① 参阅附录：《茉莉和青春》素材来源。

常常含有十几个、几十个乃至上百个音节组成的复合词，还夹杂生僻词，或重复使用同义词，有时甚至不顾场合。如在第三幕中，幕后传来老虎出笼、摩德衍蒂迦面临生命危险而紧急求救的呼告，此处也用了一段充满冗长复合词的台词。

产生这种文体风格与薄婆菩提所处时代的古典梵语文学的文风有关。当时的古典梵语诗学普遍重视修辞艺术，如檀丁（7 世纪）在《诗镜》中指出“含有丰富的复合词”“是散文体的生命”（1.80）。但薄婆菩提在戏剧台词中采用这样的文体显然有碍戏剧的舞台表演。现代印度梵语学者普遍认为这部戏剧中的这些台词读解起来颇有难度，何况用于舞台演出。我在翻译中，遇到这类台词，有时采取适当简化的译法，以免译文臃肿累赘。尽管如此，我们不能不承认薄婆菩提的语言艺术才华。

《茉莉和青春》翻译依据的梵语原文是迦莱（M. R. Kale）的编订本（*Mālatīmādhava*，Motilal Banarsidass，Delhi，1967）。

黄宝生

2020 年 10 月

CONTENTS | 目录

附　录

茉莉和青春

MOLIHEQINGCHUN

剧中人物

男角

青春——提婆罗多的儿子,主角

摩格伦德——青春的朋友,摩德衍蒂迦的情人

迦罗杭娑——青春的侍从

南达纳——波德摩婆提国王的宠臣

菩利婆苏——茉莉的父亲,波德摩婆提国大臣

提婆罗多——青春的父亲,维达巴国大臣

阿褛罗坎吒——遮蒙妲女神信徒

女角

茉莉——菩利婆苏的女儿,主角

摩德衍蒂迦——南达纳的妹妹,摩格伦德的情人

迦曼陀吉——尼姑,茉莉的教母

罗宛吉迦——茉莉奶妈的女儿，茉莉的女友

菩陀罗奇达——迦曼陀吉的女弟子

阿婆罗吉达——迦曼陀吉的女弟子

绍达蜜尼——迦曼陀吉的女弟子

曼陀利迦——迦曼陀吉的侍女，迦罗杭娑的情人

迦波罗贡吒拉——阿褒罗坎吒的女徒弟

序 幕

湿婆手持三叉戟，跳起刚烈的舞蹈；南迪击鼓，
引来室建陀的孔雀①；蛇王害怕孔雀，蜷缩身子，
钻入群主的鼻孔；群主摇晃象头②，发出哼哼声，
颞颥上蜜蜂飞向四方，愿群主的象头保护你们！(1)

湿婆发髻上缠绕的蛇似蔓藤花环，恒河水灌满
顶冠周围的骷髅而流淌③，额头上第三只眼明亮
似闪电，与发髻的光泽交相辉映，头顶上月牙④
柔软迷人似花瓣，愿湿婆的吉祥发髻保护你们！(2)

---

① 孔雀是大神湿婆之子室建陀的坐骑，这时听到湿婆的侍从南迪敲响的鼓声，以为是乌云发出雷鸣声，欢快地飞来。

② 蛇王是湿婆身上的装饰。群主也是湿婆之子，象头人身。

③ 根据印度传说，恒河从天国下降时，为了减少冲击力，先停留在湿婆头顶，然后缓缓流向人间。骷髅是湿婆身上的装饰。

④ 月牙是湿婆的顶饰。

献颂诗终。

戏班主人 不再多说了。（向前观看）啊，尊贵的太阳，全世界的明灯，已经高高升起。我要敬拜它。（俯首行礼）

你照亮全世界，是幸福和快乐的源泉！
神啊，请赐予我担负重任的无限力量！
我虔诚敬拜你，请消除我的所有罪孽！
世界之主啊，请你赐予我至高的吉祥！（3）

（向后台观看）贤士，演出前的准备工作已经完毕。各地观众已经来到圣洁的迦罗波利耶那特城。这些内行的观众要求我演出一场新戏，供他们欣赏。那么，演员们怎么还没有动静？

（助理上场）

助理 主人，我们不知道这些观众欣赏具有什么品质的戏剧。

戏班主人 贤士，你认为那些尊贵的婆罗门欣赏什么样的戏剧品质?

助理

全剧演出充满情味,
情态动作动人心弦,
人物对话机智巧妙,
勇气紧扣爱情主线。(4)

戏班主人 啊,我想起来了。

助理 主人,想起什么?

戏班主人 在南方维达巴国,有座名为花城的城市。那里有一个名为优敦波罗的家族,是遵循《夜柔吠陀》泰帝利耶教派的迦叶波后裔。这个家族的成员都是享有崇高地位的婆罗门导师,供奉五堆祭火,恪守誓言,饮用苏摩汁,宣示梵[1]的学说。

这些学者永远关注吠陀经典,
探求真谛,财富用于祭祀和
慈善事业,结婚仅仅是为了

① 古代印度哲学认为梵(brahman)是宇宙的本原。

繁衍后代，生命则用于苦行。(5)

这个家族中有个诗人名叫薄婆菩提，称号为跋吒·吉项。他是著名的跋吒·戈波罗的孙子。父亲是享有纯洁名誉的跋吒·青项，母亲是贾多格尔妮。他与演员们交往密切，情谊深厚，交给我们一部具有这些品质的剧本。其中有这样的话语：

确实有些人在贬低我们，
需知我的创作不为他们，
而当今和未来有我的知音，
因为时间无限，大地无垠。(6)

还有，

何必谈论学习吠陀以及奥义书、
数论和瑜伽？这些缺乏戏剧性，
唯有语言精密丰富，含义深邃，
才是作者聪明才智的真正标志。(7)

可爱的朋友、尊敬的薄婆菩提交给我们的这部剧本，名为《茉莉和青春》。我们就在圣洁的迦罗波利耶那特城演出这个剧本。让全体演员做好准备，完成我的心愿吧！

助理　我们听从你的吩咐。（回想）其实，你早已分配合适的角色给各个演员。首先，你扮演女出家人迦曼陀吉这个角色，而我扮演她的女弟子阿婆罗吉达这个角色[①]。

戏班主人　然后呢？

助理　然后，剧中男主角、茉莉的情人青春怎样粉墨登场？

戏班主人　安排在迦罗杭娑和摩格伦德出场后登场。

助理　那么，我们就开始演出，为尊敬的观众效劳。

戏班主人　好吧，我扮演迦曼陀吉。

助理　我扮演阿婆罗吉达。

（两人绕行下场）

序幕终。

---

① 在梵语戏剧的表演艺术中，男演员可以扮演女角色，女演员也可以扮演男角色。

第一幕

（迦曼陀吉和阿婆罗吉达身穿橘红色服装上场）

迦曼陀吉　孩子阿婆罗吉达！

阿婆罗吉达　听从尊者吩咐！

迦曼陀吉　但愿菩利婆苏的女儿茉莉和提婆罗多的儿子青春结成美满姻缘。（左眼皮跳动，面露喜色）

我左眼皮跳动，仿佛
它知道我心中的秘密，
预示吉祥，虽然左边
不可爱，却变得可爱。[①] (1)

---

① 这首诗中，vāmaka（左边）和 dākṣiṇya（右边）用作双关语，"左边"也读作"不可爱"，"右边"也读作"可爱"，因此，"变得可爱"也读作"变成右边"。

阿婆罗吉达　尊者确实为这件事费尽心思。这真是太奇妙了！尊者现在身穿袈裟衣，仅靠化缘乞食维持生命，大臣菩利婆苏却将这样的难事托付于你。而你尽管已经摆脱尘世生活的束缚，却依然接受了这样的托付。

迦曼陀吉　孩子，你别这样说。

这位尊者托付我这样的重任，
是友谊的果实，莫大的信任，
耗费生命和苦行，能为朋友
办好这件事，便是我的成就。(2)

你不知道，我们是从各地为了求学而相聚一处，成为同学。那时，菩利婆苏和提婆罗多当着我和绍达蜜尼的面，立誓结为儿女亲家。现在，维达巴国的大臣提婆罗多巧妙地遣送他的儿子青春从恭提那城来到波德摩提婆城学习正理论①。

这一方面是为了提醒好友，

① 此处“正理论”原词是 ānvīkṣikī，泛指哲学，特指正理论，即逻辑学。

记住结为儿女亲家的誓言，
另一方面也是为了让品德
非凡的儿子赢得世人赏识。(3)

阿婆罗吉达 那么，大臣为何不亲自操办茉莉和青春的婚事，而要拜托你暗中促成这桩婚事?

迦曼陀吉

因为国王宠臣南达纳，
请国王出面赐婚茉莉，
当面拒绝确实很困难，
便采取这个锦囊妙计。(4)

阿婆罗吉达 奇妙啊，真奇妙！大臣似乎还不知道青春的名字。

迦曼陀吉 孩子，因为这是秘密。

他有必要隐藏自己的思想，
不让青春和茉莉本人知道，
尤其是这两位少男和少女，
正处在情窦绽开的青春期。(5)

还有，

青年男女倾心相爱，
已在世间屡见不鲜，
这显然有利于我们
骗过国王和南达纳。(6)

你要知道，

智者表面一言一行文雅可爱，
实际上运筹帷幄，严守秘密，
做到滴水不漏，瞒过所有人，
保持冷静，悄悄地实现目的。(7)

阿婆罗吉达 我也已经按照你的吩咐，随意找个借口，让青春路过菩利婆苏住宅附近的王家大道。

迦曼陀吉 茉莉的奶姐妹[1]已经告诉我：

茉莉一次又一次从顶楼窗户看见

① 此处“奶姐妹”指奶妈的女儿，也就是罗宛吉迦。

青春从大道附近经过，她柔嫩的
肢体忍受着强烈渴望，日益消瘦，
犹如罗蒂看见重获新生的爱神[1]。（8）

阿婆罗吉达　正是这样。茉莉为了自我排遣，画了一幅青春的肖像。今天，罗宛吉迦已经将这幅画交给曼陀利迦。

迦曼陀吉　（思索）罗宛吉迦做得很对。因为青春的侍从迦罗杭娑爱上寺院的女仆曼陀利迦。罗宛吉迦的想法是通过这个渠道，用这幅画吸引青春。

阿婆罗吉达　今天早上，我已经激发青春的好奇心，怂恿他去爱神花园，因为那里已开始举行敬拜爱神的节日活动。据说茉莉也要去那里。这样，他俩就能见面了。

迦曼陀吉　很好，孩子，很好！这样热心帮助我，让我想起以前的弟子绍达蜜尼。

阿婆罗吉达　尊者，绍达蜜尼现在住在吉祥山，恪守骷髅教派[2]的誓言，已经获得神奇的咒术魔力。

---

① 罗蒂是爱神的妻子。爱神曾经干扰湿婆修炼苦行，被湿婆额头第三只眼睛喷出的火焰化为灰烬，后来又恢复形体。

② 骷髅教派（kāpālika）是湿婆教中一个派系，体现大神湿婆及其妻子的恐怖性的一面，信徒们的主要标志是佩戴骷髅项链、以骷髅托钵乞食。

迦曼陀吉　这个消息来自哪里？

阿婆罗吉达　在城郊的大坟场住着一位名叫迦罗拉的遮蒙妲[1]女神。

迦曼陀吉　据冒险去过那里的人们说，她喜欢接受活物祭品。

阿婆罗吉达　有个骷髅派教徒名叫阿窭罗坎吒。这个夜行者来自吉祥山，住在离这里不远的森林中。他的女徒弟名叫迦波罗贡吒拉，具有神通力，每天黄昏时分来到这里。从她那里，我得知这个消息。

迦曼陀吉　对于绍达蜜尼，一切都有可能。

阿婆罗吉达　不多说了。摩格伦德是青春童年时代的同伴和朋友。如果他能与南达纳的妹妹摩德衍蒂迦结成姻缘，那么，我们又为青春做了一件好事。

迦曼陀吉　我已经安排我的可爱的女友菩陀罗奇达留意促成这件事。

阿婆罗吉达　尊者的安排太好了。

迦曼陀吉　（思索）那么，起身吧！已经了解青春的情况，现在我们去看望茉莉。

---

① 遮蒙妲（cāmuṇḍā）是大神湿婆体现恐怖性的妻子。

（两人起身）

迦曼陀吉 茉莉品性高贵，因此，我穿针引线必须格外小心谨慎。无论如何，

但愿有福的茉莉爱上高贵的青春，
犹如皎洁的月光爱上可爱的莲花，
造物主善于让匹配的美德互相结合，
但愿他的这种创造力获得圆满成功。（9）

（两人下场）

插曲终。

（迦罗杭娑手持画板和用具上场）

迦罗杭娑 我在哪里能找到主人青春？他的容貌堪比爱神，已经搅乱茉莉的心。（绕行）我感到累了。让我在这花园里休息片刻，再去寻找我的主人，摩格伦德的可爱朋友。（进入花园，坐下）

（摩格伦德上场）

摩格伦德　听阿婆罗吉达说青春去了爱神花园。那么，我立刻去那里。（绕行）真巧！我的朋友正朝这里走来。（观察）可是，

看他步履缓慢，目光茫然，肢体孱弱，
呼吸沉重，这是为什么？又能为什么？
爱神的旨意统辖大地，青年最敏感，
种种甜蜜迷人的感情，谁也禁不住。（10）

（青春如上面描述的那样上场）

青春　（独白）

我的心始终停留在她那张可爱的
月亮脸上，怎么还能有办法收回？
我的心突然战胜羞愧，脱离规矩，
失去坚定，明辨力变得麻木迟钝。（11）

真奇怪！

她在场，我的惊奇压倒其他感情，
仿佛浇灌甘露，快乐得浑身酥软，
而此时此刻，我的心仿佛碰触到
烧红的火炭，感受到灼热的痛楚。(12)

摩格伦德　(走近)朋友青春，这里，这里！

青春　(绕行)怎么是我可爱的朋友摩格伦德？

摩格伦德　朋友青春，头顶上烈日炎炎，让我们在这花园里稍坐片刻。

青春　接受朋友的好意。

(两人绕行)

迦罗杭娑　(观看)怎么？主人青春与摩格伦德结伴装饰这个花园？我要给他看自己的肖像画。这幅肖像画抚慰受爱神折磨的茉莉的双眼，或许也能让青春感受到片刻慰藉。

摩格伦德　我们就坐在这棵甘遮那罗树下。这树上的花朵竞相绽放，花蕊清凉的芳香弥漫整座花园。

(两人坐下)

摩格伦德 朋友青春，今天全城妇女都在参加爱神花园的庆祝活动。你刚游园回来，我就发现你变了样。你好像已经被爱神的花箭射中。

（青春羞涩地低下头）

摩格伦德 （微笑）你为何垂下你的莲花脸？你要知道，

爱神的强大威力举世闻名，
对一切众生乃至造物主和
至高之神都起作用，因此
你心中有隐情，不必害羞。（13）

青春 朋友，我怎能不告诉你？请听吧！阿婆罗吉达激起我的好奇心，我去了爱神寺庙。在那里，我四处游荡观赏，然后我感到累了，便坐在院子里一棵波古罗树旁。满树绽放可爱花朵，芳香甜蜜迷人，蜜蜂萦绕。我捡拾那些坠落的花朵，动手编制优美的花环。然后，从寺庙里走出一位少女。她仿佛爱神昭示征服世界的旗帜。她明亮整齐的服装表明她是一位处女，品性高雅，身边簇拥众多侍女，向这边走来。

她显然是守护美的宝库的女神，
或者是一切美的精华的汇聚处，
朋友，肯定是爱神亲自用甘露、
月亮、月光和莲花茎秆创造她。(14)

那些可爱的侍女兴高采烈，渴望采集地上堆积的花朵，请求她一起来到波古罗树下。我觉察她仿佛许久以来思恋某个幸运儿而患上相思病的模样。因为

她的肢体萎靡，像折断的莲花秆，
她的行动迟疑，听凭侍女们使唤，
她的脸颊苍白，犹如崭新的象牙，
洁白无瑕，犹如月亮闪耀的光艳。(15)

我一见到她，双眼仿佛涂抹了甘露，喜悦至极。她吸引我的心，如同磁石吸引铁。总之，

我的心不由自主迷上她，
带给我持久的烦恼折磨，

命运女神确实强大有力，
决定众生的快乐和痛苦。(16)

摩格伦德 朋友青春，这是爱情，若是依靠外因，显然矛盾。你要知道，

某种内在的原因联系事物，
爱情并不依靠外在的条件，
太阳升起，莲花随即绽放，
月亮升起，宝石渗出水珠。(17)

然后呢？

青春 然后，

那些侍女挑动眉毛，目光
斜睨，甜蜜的微笑似甘露，
互相心领神会，一起望着我，
仿佛认识我，说道："就是他！"(18)

摩格伦德 (独白)怎么会认识？

青春 她们欢快地转动身子，拍击莲花手掌，手镯随之

晃动，步姿优美似天鹅，脚镯应和腰带上的小铃铛，叮当作响，宛如花瓣的手指指着我说："我家小姐交上好运，这位是某某家的某公子。"

摩格伦德 （独白）啊，这是透露早已存在的爱情。

迦罗杭娑 （倾听）怎么？这些侍女在讲述有趣的故事。

摩格伦德 然后呢？

青春

现在爱神的教导在起作用，
这位莲花眼女郎忸怩不安，
美妙的魅力胜过语言能力，
内在和外在情态失去镇定。(19)

这样，

她目不转睛，温柔地半睁半闭，
弯弯的眉毛上扬，从眼角斜睨，
遇到了我的眼睛，又迟疑踌躇，
我成为她的目光唯一注视对象。(20)

还有，

这位女郎的睫毛卷曲，斜睨的目光
缓慢地移动，忽转忽停，天真温柔，
眼珠惊喜睁大，夺取、刺穿、吞噬
乃至连根拔起我的这颗无助的心。(21)

虽然她的种种情态表现出爱情，迷住我的心，但我仍然刻意掩饰自己的激情，继续编制尚未完工的花环。然后，一些侍卫，大多是太监，手持藤杖和武器，聚集到这里。于是，这位月亮脸女郎登上一头母象，装饰通向城市的道路。当时，

这位睫毛修长的女郎缓缓前行时，
脖子不断扭转，脸庞犹如茎秆上
摇晃的莲花，而眼角斜睨的目光
似涂抹甘露和毒药，扎进我的心。(22)

从那一刻起，

这种感情无法分辨，无法表述，
犹如今生不能感受来世的事物，
我坠入分辨不清的黑暗深渊中，

内心变得麻痹，却又感到灼热。(23)

还有，

我已经分辨不清近在眼前的事物，
甚至想起熟悉的事物也索然寡味，
清凉的湖水或月光都不可能止息
我的灼热，我已丢了魂，着了魔。(24)

迦罗杭娑　他肯定被某个少女迷住了。或许那个少女就是茉莉。

摩格伦德　(独白)啊，他着魔了！我怎样才能让他收回自己的心？或许可以这样说：

“别让爱神迷惑你的心，别让
激情的乌云覆盖你的分辨力。”
但诸如此类的劝说毫无用处，
爱神和青春都已经挽开了弓。(25)

(高声)朋友，你是否知道她的身份？

青春　朋友，请听！她登上母象时，成群的侍女中有个女子站在后面，一路采集波古罗花，走到我的身边，向我行礼，借口索要这个花环，对我说道："幸运的人啊，你的这个花环①线儿扎得很紧②，花朵编排优美③。我家小姐对这个花环产生好奇心。她感到你编制花环的技巧新颖巧妙。因此，让这种技巧达到目的！让编制者④的美妙创作结出果实！让这个新鲜的花环戴在我家小姐的脖颈上，实现它的价值！"

摩格伦德　啊，这番话说得真巧妙！

青春　经我询问，她说道："这位小姐是大臣菩利婆苏的女儿，名叫茉莉。我是小姐奶妈的女儿，她的密友，名叫罗宛吉迦。"

迦罗杭娑　（喜悦）怎么正巧是茉莉？真幸运！尊敬的爱神确实已经挽开弓，发射花箭。我们成功了。

摩格伦德　（独白）她是大臣菩利婆苏的女儿，真是太高贵了。尊敬的迦曼陀吉经常高兴地称赞茉莉。但听说国王要将她许配南达纳。

---

① 此处"花环"的用词是 kusumāpīḍa，也读作"爱神"。

② 此处"线儿扎得很紧"（suśliṣṭaguṇa）是双关语，也读作"品德匹配"。

③ 此处"花朵编排优美"（sumānasām saṃniveśa）是双关语，也读作"美好的思想互相投合"。

④ 此处"编制者"的用词是 vidhātṛ，也读作"创造主"。

青春 在她的请求下，我取下戴在脖子上的波古罗花环，交给她。虽然当时我的目光因为热切注视茉莉的脸庞，心思分散，花环有的部分编得不够精致，但她看重这个花环，接过它时，表示受到莫大的恩惠。然后，她消失在游园的城市居民人群中，我也就回来了。

摩格伦德 朋友，茉莉表露爱情，这已经肯定无疑。脸颊苍白等等显然表明她对你的爱恋已经积蓄很久。我不知道她以前在哪里见过你。确实，这样高贵的少女一旦爱上某人，爱恋的目光就会投向那人。还有，

女友们的目光互相告知：
“这是某某家的某公子。”
奶妈的女儿巧妙的话语，
也表明她对你爱慕已久。（26）

迦罗杭娑 （走近）还有这个。（展示画板）

（两人观看）

摩格伦德 迦罗杭娑，这青春的肖像画是谁画的？

迦罗杭娑 夺走他的心的人。

摩格伦德 你从哪里得到这幅画?

迦罗杭娑 我从曼陀利迦手中,而她从罗宛吉迦手中得到。

摩格伦德 那么,曼陀利迦有没有告诉你茉莉画青春肖像的目的?

迦罗杭娑 排遣焦虑。

摩格伦德 朋友青春,无论如何,你可以放心了。

茉莉是你眼中的月光,
你是茉莉心中的恋人,
命运和爱神发挥作用,
你俩的结合必定无疑。(27)

你就表达你的感情,在这画板上画上美貌动人的茉莉的肖像吧。

青春 接受朋友的好意。请取来画板和画笔。

(摩格伦德递给他画板和画笔)

青春 (画画)朋友摩格伦德!

一次次泪水涌满，阻挡我的视线，
一想起她，我的身体就麻木僵硬，
我一再拿起画笔，可是手掌冒汗，
手指不停颤抖，怎能画好她的像？(28)

尽管如此，我仍然要作出最大努力。（终于画好，展示画像）

摩格伦德 （仔细观看）确实表达了你对她的挚爱。（惊讶）怎么在这么短时间里，你还题上一首诗？（念诵）

世上有新月等等美景，
令人心醉，令人神迷，
而唯独目睹她的美貌，
才是我平生盛大节日。(29)

（曼陀利迦上场，匆匆赶来）

曼陀利迦 迦罗杭娑！我沿着你的足迹找到了你。（看见青春和摩格伦德，羞涩）怎么两位公子也在这里？（走近）我向你俩俯首致敬！

两人 曼陀利迦，在这里坐下吧！

曼陀利迦 （坐下）迦罗杭娑，给我画板。

迦罗杭娑 拿去吧！

曼陀利迦 （观看）谁在这上面画了茉莉的肖像？为什么？

迦罗杭娑 画画的人出于与茉莉同样的目的。

曼陀利迦 真幸运，创造主的智慧结出果实了。

摩格伦德 曼陀利迦，你的情人说的事情是真的吗？

曼陀利迦 公子，是真的。

摩格伦德 那么，茉莉以前在哪里见到青春？

曼陀利迦 听罗宛吉迦说，茉莉站在窗口看见青春。

摩格伦德 朋友，我俩确实多次走过大臣住宅附近的大道，这就对了。

曼陀利迦 请两位公子允许我离开。我要将爱神的善行告诉我亲爱的朋友罗宛吉迦。

摩格伦德 这正是合适的时机。

（曼陀利迦拿着画板下场）

摩格伦德 尊神太阳的灼热光芒装饰中午。来吧，我俩现在就回家吧！

（两人起身，绕行）

青春　我这样想，

可爱的侍女们在早晨，
为这位美目女郎脸颊
精心描上的番红线条，
会被流淌的汗水洗去。(30)

还有，

风儿啊，你携带着素馨花蕾
绽开而散发的花蜜浓郁芳香，
拥抱过这位眼睛颤动的美女，
现在请你触摸我的全部肢体。(31)

摩格伦德　(独白)

天哪！不可抗拒的爱神选中
身体柔嫩的青春，短时间内
就造成他感情发生剧烈变化，
犹如致命的风热病侵袭幼象。(32)

现在，尊敬的迦曼陀吉成为我们唯一的依靠。

青春 （独白）真奇怪！

我看到她美丽的脸庞宛如
绽开的金莲花，那双眼睛
投射含情目光，前后左右，
里里外外，始终围绕着我。(33)

（高声）朋友，我现在，

全身遭受灼热的折磨，
所有的感官陷入昏沉，
内心焦躁，惶恐不安，
我已经与她融为一体。(34)

（全体下场）

第一幕终。

第二幕

（两位侍女上场）

第一位 嗨，你在音乐厅附近与阿婆罗吉达谈论什么？

第二位 朋友，青春的朋友摩格伦德已经将爱神花园里发生的事情全部告诉尊者迦曼陀吉。

第一位 然后怎么样？

第二位 然后，尊者想要见我家小姐，打发阿婆罗吉达来了解情况。我告诉她，我家小姐和罗宛吉迦正在秘密交谈。

第一位 确实，当时罗宛吉迦说是要采集波古罗花，没有从爱神花园回来。那么，现在回来了？

第二位 回来了。而她一回来，我家小姐就拉着她的手，不让侍女们跟随，登上顶楼露台。

第一位 她肯定在谈论那位公子，宣泄她的感情。

第二位 （叹息）她怎么还会获得安宁？今天这场特殊的会面肯定会将她的恋情推向高潮。更糟的是，今天早上，大臣说起国王出面为南达纳求娶我家小姐。

第一位 他说什么？

第二位 说国王有权支配自己的女儿。因此，我估计茉莉对青春的恋情会成为扎在她心头的致命利箭。

第一位 尊者迦曼陀吉肯定会在这件事上施展她的法力。

第二位 嗨，你一厢情愿！来吧！

（两人绕行，下场）

插曲终。

（茉莉和罗宛吉迦上场，茉莉焦急不安，坐下）

茉莉 朋友，然后呢？

罗宛吉迦 然后，这位公子交给我这个波古罗花环。（递上花环）

茉莉 （接过花环，喜悦）朋友，这部分编得不够整齐。

罗宛吉迦 这美中不足都得怪你。

茉莉 为什么？

罗宛吉迦 当时他的黝黑似杜尔瓦草[①]的身体变得局促不安。

茉莉 亲爱的朋友罗宛吉迦，你总是这样善解人意，安慰我。

罗宛吉迦 怎么说我善解人意，在安慰你？我说，亲爱的朋友，你也亲眼目睹他看见你时，双眼犹如微风中绽开的优美莲花，故作镇静，继续编制波古罗花环，却又忍不住睁大眼睛，目光移动到眼角，惊喜中抬起的眉毛舞动，犹如爱神的花弓。

茉莉 （拥抱罗宛吉迦）正是这样。亲爱的朋友，但这位公子的这些表情会不会只是假意调笑偶然遇见的人？或者，真是像你想象的那样？

罗宛吉迦 （微笑，略带埋怨）你当时在没有音乐伴奏的情况下，不是心中也情不自禁舞动？

茉莉 （微笑，含羞）好吧，然后呢？

罗宛吉迦 然后，他消失在游园返回的人群中，我去了曼陀利迦的屋子，因为我在早晨把那幅画留在她那里了。

---

① 此处"黝黑似杜尔瓦草"暗指大神黑天，因为"青春"这个名字的原词是 mādhava，也是黑天的称号。

茉莉　为什么？

罗宛吉迦　青春的侍从迦罗杭娑与她相爱。曼陀利迦会给他看那幅画。然后，曼陀利迦带来了好消息。

茉莉　（独白）难道迦罗杭娑将那幅画带给他的主人看了？（高声）朋友，你得到什么好消息？

罗宛吉迦　对于一个觉得心愿难以实现的人，难以忍受内心焦灼的折磨，你的那幅画可以让他获得片刻的安宁。（展示那幅画）

茉莉　（喜悦，观看）啊，直到现在我还难以相信，觉得这对于我只是空口安慰。怎么这上面写了字？（念诵画板上的诗）公子啊，你的这些话就像你的模样一样甜美，虽然你的模样此刻可爱迷人，此后会给我带来长久的烦恼折磨。那些没有见到你的少女，或者见到你而能控制自己的少女，才真正是幸运的。（哭泣）

罗宛吉迦　朋友，即便这样，你还不放心？

茉莉　怎么可能？

罗宛吉迦　即便你已经知道他受爱神折磨，灼热难忍，而你却依然像从枝干脱落的无忧树嫩叶，又像凋谢的新鲜茉莉花朵。

茉莉　但愿这位公子平安无事，而我却难以获得安宁。

（流泪）朋友啊，尤其在今天。

这爱情像持续不断扩散的烈性毒药，
也像借助风势猛烈燃烧的无烟之火，
又像高烧发热，折磨我的全身肢体，
我的父母，还有你，都不能保护我。(1)

罗宛吉迦　确实是这样，通常人们见到善人就愉快，见不到就难受。况且你以前只是在窗口短时间看到他，而今天这样近距离看到他，自然会让你更受折磨，圆月升起也会感到如同受烈火烧烤。无情的爱神施展威力，你的生命处在危险中。然而，亲爱的朋友，我们都知道与品德高尚的情人相会，符合高贵的爱情，在这人世间获得难以获得的果实，是值得赞赏的事。

茉莉　朋友，你爱护茉莉的生命，而你暗示我采取冒险的行动，你走吧！（流泪）我一次又一次看他，难以保持稳重坚定。我自责失去羞耻心，举止轻浮。既然如此，亲爱的朋友啊！

就让圆月整夜整夜地在空中燃烧吧！

让爱神烧灼吧！一死了之，还能怎样？
我的父亲受人爱戴，母亲出身高贵，
家族也纯洁，这些胜过他和我的生命。(2)

罗宛吉迦 （独白）现在该怎么办呢？

（女门卫上场）

女门卫 尊者迦曼陀吉驾到！
两人 怎么？尊者来了？
女门卫 她想见我家小姐。
两人 那还耽搁什么？赶快请进！

（女门卫下场，茉莉藏起那幅画）

罗宛吉迦 （独白）肯定会有好事情发生。

（迦曼陀吉和阿婆罗吉达上场）

迦曼陀吉 好啊，朋友菩利婆苏，好啊！你说国王有权支配自己的女儿。你这样说话不妨碍你今生和来世的利益。然而，今天在爱神花园发生的事，让我知道甚至尊敬的创造主也是随顺的。波古罗花环和画板成了姻缘牵线人，真是奇妙，让人惊喜。互相爱慕才是至高吉祥的婚姻。安吉罗仙人[①]的颂诗已经宣示这一点：新郎的心儿和眼睛紧随她，幸福降临她。

阿婆罗吉达　茉莉在这里。

迦曼陀吉　（观看）

肢体消瘦，白净可爱似芭蕉树髓，
又好像纤细的一弯月牙饱人眼福，
她处在爱情之火烧灼的痛苦中，
既让我们爱怜，又让我们心疼。（3）

还有，

她的脸颊苍白黯淡，
更加增添可爱魅力，
爱神作弄这位淑女，

① 安吉罗（aṅgiras）是印度古代著名仙人，有许多吠陀颂诗归在他的名下。

显然已经获得胜利。(4)

她内心肯定向往与心上人结合的快乐。因为

她的衣结松散,嘴角颤动,双臂下垂,
汗珠渗出,眼睛半开半闭,柔情脉脉,
肢体僵住不动,花蕾般双乳急促起伏,
脸颊上的汗毛竖起,既迷糊,又清醒。(5)

(说罢,迦曼陀吉走上前去。
罗宛吉迦推推茉莉,两人起身)

茉莉 我向尊者致敬!
迦曼陀吉 但愿你吉祥如意!
罗宛吉迦 这是备好的座位,尊者请坐!

(所有人坐下)

茉莉 尊者一切安好?
迦曼陀吉 (叹息)还算安好。
罗宛吉迦 (独白)这是一场好戏的序幕。(高声)尊者今天说话不同往常，话音哽噎，气息压抑。你焦虑不安的原因何在？

迦曼陀吉 确实，这与我的这身袈裟不相称。

罗宛吉迦 怎么会这样？

迦曼陀吉 唉，你怎么不知道？

这是爱神胜利的花箭，
这是天生丽质的身体，
恩惠却赐予不相配者，
可怜美满姻缘成泡影。(6)

（茉莉神色慌张）

罗宛吉迦 正是这样，所有的人都在埋怨大臣顺从国王的旨意，将茉莉许配南达纳。

茉莉 （独白）父亲怎么把我作为礼物献给国王？

迦曼陀吉 奇怪啊！

为何那些擅长政治计谋的人
无视品德，不关心儿女幸福？
而这也正是国王弄臣的目的，

以女儿作礼物博取国王欢心。(7)

茉莉 (独白)确实,父亲看重的是博取国王欢心,而不是我茉莉。

罗宛吉迦 正像尊者所说这样。否则,大臣怎么会毫不犹豫答应将茉莉许配给这个已经不再年轻且丑陋的新郎?

茉莉 (独白)天啊,我完了!晴天霹雳落到我这不幸的人头上。

罗宛吉迦 因此,尊者啊,请赐恩!救救我们这位遭受致命打击的可爱朋友!她也是你的女儿。

迦曼陀吉 唉,心直口快的孩子啊!我这个尊者又能怎么办?女儿们通常掌控在父亲和命运手中。通晓历史传说的人们讲述乔尸迦仙人的女儿沙恭达罗爱上豆扇陀,天女优哩婆湿爱上补罗卢婆娑①。还有仙赐,父亲将她许配国王商迦耶,而她自己投奔优填王。然而,这些行为看起来轻率鲁莽,我不能随意建议。无论如何,

---

① 关于净修林女郎沙恭达罗和国王豆扇陀以及天女优哩婆湿和人间国王补罗卢婆娑的自由恋爱故事,著名古典梵语诗人迦梨陀娑著有戏剧《沙恭达罗》和《优哩婆湿》。仙赐和优填王的爱情也是在印度古代流传广泛的故事。

就让大臣把女儿献给国王吧！
以便他成为国王心腹和宠臣；
就让这美女嫁给丑陋的人吧！
如同把月亮交给幽暗的彗星①。(8)

茉莉 （流泪，独白）天啊！人人都只顾自己，贪图享乐，父亲你也这样对待我。

阿婆罗吉达 尊者在这里耽搁已久。我说，公子青春的身体状况确实欠佳。

迦曼陀吉 我们这就去看望他。孩子啊，容我向你告辞。

罗宛吉迦 （私语）②朋友茉莉，现在我们应该向尊者打听那位公子的出身。

茉莉 （私语）朋友，我也很想听取。

罗宛吉迦 （高声）这位名叫青春的公子是谁？尊者对他如此热切关心。

迦曼陀吉 这说来话长。

罗宛吉迦 即使这样，也请尊者说说吧！请开恩！

迦曼陀吉 那就请听！维达巴国王有个大臣名叫提婆

① “幽暗的彗星”指吞噬太阳和月亮的罗睺。

② “私语”(janāntika，或译旁白)是梵语戏剧术语，原词词义为在人的身旁，指两人私下悄悄说话。

罗多，他是所有侍臣中的顶珠，品德高尚，享有盛誉。你的父亲与他是同学，对他了如指掌。还有，

世界上这样的人难得一遇，
纯洁的名声传遍四面八方，
光辉的业绩和勇气的宝藏，
无比的伟大和吉祥的源泉。(9)

茉莉 (私语)朋友，我的父亲确实经常提起尊者所说的这个名字。

罗宛吉迦 (私语)朋友，那些谈论往事的人也说起过他俩一起求学。

迦曼陀吉

后来他生了一个儿子，
犹如从东山升起新月，
闪耀品德和技艺光辉，
让世上人们大饱眼福。(10)

罗宛吉迦 (私语)朋友，他应该就是青春。

迦曼陀吉

他是知识的宝库,即使年纪还轻,
离家来到这里,俊美似秋季圆月,
一旦他出现,城市窗户仿佛布满
蓝莲花,妇女们投射激动的目光。(11)

他和摩格伦德是童年的朋友,一起在这里学习正理论。他的名字是青春。

罗宛吉迦　(私语)朋友,除了大海,哪里会长出珊瑚树?

(幕后响起号角声)

迦曼陀吉　啊,时间耽搁太久了!因为现在,

这傍晚嘹亮的号角声响彻天空,
在那些白色住宅的楼顶间回荡,
激发睡意,中断情人之间怄气,
而成对的轮鸟会因分离而忧伤①。(12)

① 按梵语诗歌中的习惯描写,轮鸟在夜间分离,白天相会。

因此，我俩起身吧！（起身）

茉莉 （独白）父亲怎么把我作为礼物献给国王？确实，父亲看重的是博取国王欢心，而不是我茉莉。（流泪）天啊！人人都只顾自己，贪图享乐，父亲你也这样对待我。我亲爱的朋友说得对，除了大海，哪里会长出珊瑚树？真的，我还要见他。

罗宛吉迦 阿婆罗吉达，这里，这里！我们从这里的台阶走下。

迦曼陀吉 （独白）好了，我装出对茉莉漠不关心的样子，轻松地完成了穿针引线的重任。因为，

已经让她厌恶那位未婚夫，质疑自己
父亲的行为，也指出值得效仿的前人
榜样，赞扬青春高贵出身和优秀品质，
下一步我要想方设法让他俩亲密接触。(13)

（全体下场）

第二幕终。

第三幕

（菩陀罗奇达上场）

菩陀罗奇达 （绕行，望着天空）嗨，阿婆罗吉达，你知道尊者在哪里吗？

阿婆罗吉达 （上场）菩陀罗奇达啊，你糊涂了？尊者除了出去乞食，一直陪在茉莉身边。

菩陀罗奇达 噢！那么，你去了哪里？

阿婆罗吉达 尊者派我去向青春传话，吩咐他前往商羯罗[①]神庙的百花园，站在曲女凉亭旁的无忧树丛中。青春已经到了那里。

菩陀罗奇达 为何让青春站在那里？

阿婆罗吉达 今天是黑半月第十四日，茉莉要和尊者一起

---

① “商羯罗”（śaṅkara）是大神湿婆的称号。

去商羯罗神庙。尊者会要求茉莉亲自采花供神，说这样会带来好运，随后在罗宛吉迦陪伴下，茉莉进入百花园。这样，他俩就能会面了。那么，你现在去哪里？

菩陀罗奇达 我亲爱的朋友摩德衍蒂迦也吩咐我与她一起去商羯罗神庙。我向尊者行触足礼后，也要去那里。

阿婆罗吉达 尊者托付你办的事进展如何？

菩陀罗奇达 我遵照尊者的吩咐，一次又一次与她推心置腹地交谈。我亲爱的朋友摩德衍蒂迦已经在心中暗恋摩格伦德。现在她也迫切想要见到他。

阿婆罗吉达 好啊，菩陀罗奇达，好啊！

菩陀罗奇达 来，我们一起走吧！

（两人下场）

插曲终。

（迦曼陀吉上场）

迦曼陀吉

尽管茉莉循规蹈矩，

但我想方设法引导，
就只用了短短几天，
我们成了知心朋友。(1)

现在，

我离开，她心慌，我留下，她喜悦，
她喜欢与我单独相处，听从我的话，
一旦我要离开，她搂住我脖子不放，
随后俯首吩咐我发誓很快就会回来。(2)

她心中已经怀抱希望。

她听了沙恭达罗
等等人物的故事，
会倚在我的怀中，
陷入久久的沉思。(3)

因此，今天我采取下一步，让青春出场。(向幕后观看)孩子，这里，这里！

（茉莉和罗宛吉迦上场）

茉莉　（独白）父亲怎么会把我作为礼物献给国王……（重复前面说过的那些话）

罗宛吉迦　朋友，从花园吹来的微风拥抱你。这微风散发绽开的占婆迦花芳香。那些花瓣已被从芒果树飞来的成群蜜蜂搅乱。那些芒果树上的杜鹃愉快地叼食饱含蜜汁的花朵，发出甜美的唧唧声。你的大腿承受丰满臀部的沉重压力，步履缓慢，月亮脸上渗出甘露般的汗珠，而这微风拂面，犹如清凉的檀香膏。来吧，让我俩进去。

（两人绕行，进入花园。
青春上场）

青春　（喜悦）尊者已经到来。确实，

尊者出现在心上人面前，
让我心中感到莫大安慰，
就像对酷暑中的小孔雀，
闪电预示暴雨即将来临。（4）

（观看）啊，罗宛吉迦陪同茉莉。

真奇妙！我出身高贵，而见到
她的长着一对莲花眼的月亮脸，
我便会顿时感到浑身发麻酥软，
犹如山上的月亮宝石质地变软。（5）

现在，茉莉变得更加可爱。

倦怠慵懒的肢体妩媚，
贴身占婆迦花环优美，
她点燃起爱情的火焰，
我的心儿和眼睛满足。（6）

茉莉　朋友，我俩就在这个曲女凉亭中采花。
青春

乍闻心上人的话音，
我浑身颤抖汗毛竖，
犹如喜逢新雨普降，
迦昙波树顿时发芽。（7）

罗宛吉迦　朋友,我俩采花吧!

（两人采花）

青春　（独白）尊者的引导无比巧妙。

茉莉　朋友,我俩再上别处去采些花吧!

迦曼陀吉　（拥抱茉莉）嗨,停下,停下,先休息会儿。因为,

你已经疲倦,肢体松懈,
月亮脸上渗出滴滴汗珠,
眼睛半闭,美眉女郎啊,
这模样像是见到心上人。(8)

（茉莉害羞）

罗宛吉迦　尊者的话一针见血。

青春　（独白）这是动人心弦的玩笑话。

迦曼陀吉　那么,坐下吧!我想要讲个故事。

（三人一起坐下）

迦曼陀吉 （抬起茉莉的下巴）贤女，听这个美妙的故事！

茉莉 我会专心听你讲。

迦曼陀吉 我说起过有个青年名叫青春，就像你一样，他是我的又一个心结。

罗宛吉迦 我们记得。

迦曼陀吉 自从那天他从爱神花园游园回来，就情绪失常，不能控制自己，身体忍受煎熬。因为，

月亮和朋友都不能让他高兴，
即使意志坚定，却焦灼不安，
肢体原本黝黑，却变得苍白，
日益消瘦，显得可爱又可怜。（9）

罗宛吉迦 当时，阿婆罗吉达匆匆前来报告尊者，说青春身体状况欠佳。

迦曼陀吉 同时，我听说茉莉是让他神魂颠倒的原因。我也断定是这样。因为，

肯定是这张月亮脸让那位
灵魂高尚的公子动了感情，
犹如月亮升起，引发潮汐，

宁静的大海突然翻滚波浪。(10)

青春 (独白)啊,含义清晰!这是努力激发我的勇气。或者说,

通晓各种经典,聪明睿智,
熟谙语言技巧,大胆自信,
善于把握时机,思维活跃,
这些品质确实是成功保障。(11)

迦曼陀吉 因此,厌弃生命虽然艰难,对他来说,却不是不可能。因为他

身体衰弱,眼睛盯着芒果树花朵,耳闻
杜鹃唧唧声,置身散发波古罗花香风口,
爱情烈焰灼热,求助月光,而这些全都
将他引向死亡,唯有新鲜荷叶能保护他。(12)

茉莉 (独白)他实在太痛苦了。

迦曼陀吉 这孩子这样娇嫩,以前从未受过痛苦折磨,而现在,他甚至可能遭遇死亡。

茉莉 （独白）朋友，他是世界的顶饰。我害怕由于我的原因，尊者所担心的情况会发生。现在，我该怎么办？

青春 （独白）真幸运，尊者这样同情我。

罗宛吉迦 既然尊者已经这样说了，我也要说明情况。

我家小姐多次见到他从住宅附近大道路过的优美身影。她陷入相思的痛苦，虽然看似阳光照耀下的莲花茎秆那样优美，仍然让侍女们担忧。她不再喜欢游戏，整天呆坐着，莲花手掌托着脸颊沉思。住宅附近花园吹来的微风夹带绽开的莲花、素馨花和芒果树花朵的蜜汁芳香，增添她的愁绪。

在游园那天，我亲爱的朋友获得与他见面的快乐。这位公子成为爱神花园的装饰，仿佛爱神化身，想要亲眼目睹自己的盛大节日。他俩青春期的情窦绽开，呈现爱情的各种优美姿态，互相躲避目光，却更加激发好奇心。肢体激动不安，颤抖摇晃，汗毛竖起，让侍女们好生喜欢。而就从那天开始，她的肢体状况出现变化，忍受着可怕的灼热煎熬，日益憔悴，犹如柔嫩的莲花接触到月光。

即使这样，我也发现一旦她在想象中与心上人会合，她会得到片刻的安乐，犹如大地遇到暴雨而清凉。珍珠般洁白的牙齿在颤动的嘴唇之间闪闪发光而格外可爱。喜悦的泪水在脸颊上流淌，兴奋的汗毛不断竖起。莲花眼半闭，眼珠缓缓转动，美似月牙的额头渗出汗珠而迷人。侍女们仿佛觉得她不再是天真的少女。

每天度过不眠之夜，躺在侍女们特意用湿润的莲叶铺设的床上。佩戴的月亮宝石项链在清凉的月光照耀下渗出水珠。侍女们忙于用抹有比樟脑更清凉的檀香膏的芭蕉叶为她擦拭身体。她好不容易睡着后，柔嫩的双脚涂抹的红颜料被渗出的汗水洗去。衣结随着大腿的颤动而松散。蔓藤般颤动的双手放在呼吸沉重而起伏不停的胸脯上。她有时突然间醒来，投射出焦虑的目光，发现床上空空荡荡，又在昏迷中闭上眼睛。侍女们便手忙脚乱，努力让她从昏迷中苏醒。而她苏醒后的生命只剩下深长的叹息。我们真是不知道该怎么办，只会埋怨残酷的命运难以抗拒，恨不得先于她结束生命。

尊者啊，你看爱神对她的柔嫩而优美的肢体的残酷折磨还要持续多久？夜晚面孔上笼罩的黑暗被皎洁明亮的月光驱散后，柔美似盖罗拉地区妇女的脸颊，又似那里的妇女在爱情中怄气发怒而泛红的脸色。在春天的这些长夜中，月光皎洁明亮如同翻滚的乳海潮水，洗刷天国的庭院。强劲的摩罗耶山风夹带波吒罗花和波古罗花浓郁芳香，吹拂四面八方。所有这些都会给我亲爱的朋友造成致命的伤害。

迦曼陀吉 罗宛吉迦啊！

如果她对他产生了爱情，
这显然表明她理解美德，
对此我高兴，而她现在
痛苦万状，又令我心碎。(13)

青春 (独白)尊者确实真心担忧。
迦曼陀吉 唉，确实危险！

柔嫩本是天生丽质的唯一精髓，
手持五支花箭的爱神确实残酷，
现在又是月亮大放光芒的季节，
摩罗耶山风吹动开花的芒果树。(14)

罗宛吉迦 尊者你还应该知道，那画板上画有青春的肖像。（掀开茉莉胸前的上衣，展示花环）而这是青春亲手编制的波古罗花环，戴在我亲爱的朋友脖子上，成了她的命根子。

青春 （满怀希望，独白）

波古罗花环啊，你已经赢得胜利！
朋友，她的丰满的胸脯犹如成熟的
又白又嫩的莲藕，你获得她的宠爱，
成为飘扬在她的胸脯上的胜利旗帜。（15）

（幕后传来喧嚣声，所有人倾听。
随即，幕后传来话音）

喂！喂！商羯罗神庙里的人们啊！这头猛虎成了愤怒的毁灭之神！它年轻力壮而傲慢，怒不可遏，挣脱锁链，突破囚笼，冲了出来。这头猛虎身体粗壮、行动剽悍，尾巴高高翘起挥动，犹如胜利的旗帜。它张开可怕的血盆大口，那些锐利的牙齿如同锯子，贪婪地吞噬行人，发出咀嚼骨头的嘎吱嘎吱声。它现在走出寺院，用金刚杵般的爪子扑倒和吞噬无数行人和马匹，从喉咙深处发出深长而凶猛的吼叫。它一路上无情地撕裂行人的身体，流淌的鲜血染红地面，道路变得泥泞。因此，请你们救救我亲爱的朋友摩德衍蒂迦吧！

（菩陀罗奇达慌忙上场）

菩陀罗奇达 救命，救命！我亲爱的朋友，大臣南达纳的妹妹摩德衍蒂迦遭到老虎攻击，她的侍女们或者被咬死，或者已逃跑。

茉莉 哎呀，罗宛吉迦！大难临头了！

青春 （急忙起身）菩陀罗奇达，老虎在哪里？

茉莉 （看见青春，既喜悦，又惊恐，独白）啊，他怎么也在这里？

青春 （独白）啊，我真有福气！她的眼睛意外看见我。

我仿佛戴上莲花花环，
仿佛浸泡在牛奶河中，
仿佛被她的双眼吞下，
又仿佛受到甘露浇灌。(16)

菩陀罗奇达 公子啊，老虎就在花园外面的路口。

（青春豪迈地跨步前行）

迦曼陀吉 孩子，你勇敢无畏，但要小心！

茉莉 （私语）天啊，天啊！罗宛吉迦，这太危险了！

（所有人匆忙绕行）

青春 （望着前面，心生厌恶）哎呀呀！

前面路上布满破碎的躯体，
粘连的内脏，浸透鲜血的
泥沼高达脚踝，这头老虎
以利爪为武器，确实凶猛。(17)

啊，确实危险！

我们在远处，这位少女却在虎口前，(18a)

所有人 天啊，摩德衍蒂迦！

迦曼陀吉和青春 （惊喜）

摩格伦德不知从哪里突然出现在此，(18b)
拿起被老虎撞倒的某个人手中的剑，(18c)

其他人 好啊，勇士，好啊！
迦曼陀吉和青春

老虎凶猛攻击他，(18d1)

其他人 太危险了，太危险了！
迦曼陀吉和青春

老虎已被他杀死！(18d2)

其他人 （喜悦）老天保佑，灾难解除了！

迦曼陀吉 （激动）怎么？摩格伦德这孩子被老虎爪子抓伤，流着鲜血，用剑支撑地面，一动不动，好像筋疲力竭，摩德衍蒂迦惊慌地扶住他。

其他人 天啊，天啊！这位勇士受了重伤，虚弱不堪。

青春 他怎么昏迷了？（对迦曼陀吉说）尊者啊，快救救他！

迦曼陀吉 孩子啊，看来你太紧张了！那么，来吧，我们去看看。

（全体绕行，下场）

第三幕终。

第四幕

（摩德衍蒂迦和罗宛吉迦分别扶着昏迷的摩格伦德和青春上场，迦曼陀吉、茉莉和菩陀罗奇达惊慌地上场）

摩德衍蒂迦 尊者，请开恩！救救这位高贵的公子！他同情遇难者，冒着生命危险救下我摩德衍蒂迦。

其他人 天啊，天啊！我们怎么会看到这种情形出现？

迦曼陀吉 （用水瓶向昏迷的两人洒水）现在，你们撩起衣角，为他俩扇风。

（茉莉等人按照尊者吩咐的做）

摩格伦德 （恢复呼吸，观看）朋友，你为我担心过头了。

我不是好好的吗？

摩德衍蒂迦 （喜悦）如同月亮的摩格伦德现在苏醒了！

茉莉 （伸手放在青春额头）公子，你的好运来了！我告诉你，你的朋友摩格伦德已经苏醒，恢复神志。

青春 （苏醒）勇敢的朋友，过来，过来！（与摩格伦德互相拥抱）

迦曼陀吉 （亲吻他俩的额头）老天保佑，这两个孩子活过来了。

其他人 真让我们高兴！

（所有人欢悦）

菩陀罗奇达 （私语）嗨，摩德衍蒂迦，就是他！

摩德衍蒂迦 （私语）朋友，我已经知道这位是青春，那位就是他。

菩陀罗奇达 （私语）我对你说的都是真话吧？

摩德衍蒂迦 （私语）确实，像你这样的朋友不会看错人。（望着茉莉）朋友，听说茉莉爱上这位可爱的公子。

迦曼陀吉 （独白）可爱的摩德衍蒂迦和摩格伦德今天相遇，真是天意安排！（高声）孩子摩格伦德，命运怎么会安排你恰好在这个时候来救摩德衍蒂迦的命？

摩格伦德　今天，我在城里听到一些消息，而我已从阿婆罗吉达那里得知你们去了百花园，我害怕青春着急，便赶来这里，恰好遇见这位高贵的少女面临老虎袭击的危险。

（茉莉和青春沉思）

迦曼陀吉　（独白）肯定是关于茉莉婚配的消息。（高声）茉莉向你告知你的朋友苏醒的消息，给你带来好运。现在，是你向她表达爱意的机会。

青春　尊者，确实是这样。

我因为朋友遭老虎伤害，
陷入昏迷，她出于好意
而救活我，确实有权利
随意支配我的心和生命。（1）

罗宛吉迦　这确实是符合我亲爱的朋友心愿的恩惠。

摩德衍蒂迦　（独白）这位公子善于在合适的时机说最可爱动听的话。

茉莉　（独白）摩格伦德听到什么会让青春着急的消息？

青春 是什么消息会让我着急?

(侍从上场)

侍从 孩子摩德衍蒂迦,你的兄长大臣南达纳吩咐告诉你,今天,国王亲自来我们家,表示对菩利婆苏极大信任,将茉莉许配给我们家。因此,来吧,让我们去庆贺。

摩格伦德 朋友,就是这个消息。

(茉莉和青春面容变色)

摩德衍蒂迦 (喜悦,拥抱茉莉)朋友茉莉,我俩共同生活在这个城市,从玩沙土的童年时代起,你一直是我亲爱的朋友和小姐妹。现在,你就要成为我们家的顶饰了。

迦曼陀吉 孩子摩德衍蒂迦,你的兄长交上好运,获得茉莉。

摩德衍蒂迦 这是托尊者你的福。朋友罗宛吉迦,获得你们,我们的心愿实现。

罗宛吉迦 朋友,何必对我们说这话?

摩德衍蒂迦 朋友菩陀罗奇达，现在我们去庆祝这场婚礼。

菩陀罗奇达 朋友，来吧，我们一起去。（起身）

罗宛吉迦 （私语）尊者，摩德衍蒂迦和摩格伦德互相交换目光，犹如绽放的蓝莲花，已经抑制不住内心的惊喜，可爱迷人。我猜想他俩已经心心相印。

迦曼陀吉 （微笑，私语）确实，他俩互相交换目光，反复体验心中不可名状的愉悦。因为这

已由他俩半闭的眼睛证明：
眼角收缩，目光微微斜睨，
流露爱意，眉毛稍稍弯曲，
内心喜悦，睫毛凝固不动。（2）

侍从 孩子摩德衍蒂迦，走这边，走这边！

摩德衍蒂迦 （私语）朋友菩陀罗奇达，我还能见到这位救我性命的莲花眼公子吗？

菩陀罗奇达 （私语）如果天公作美，就能见到。

（她俩和侍从一起下场）

青春 （独白）

让长久牵引的希望之线就像脆弱的藕丝
那样断裂吧！让痛苦重担压在我身上吧！
让致命的疾病在我的体内无限地扩展吧！
让命运轻松自由吧！让爱神完成使命吧！[①] (3)

或者，

对于渴望与互相爱恋的心上人结合
却背运的人，这自然是应得的结果，
然而见她闻听许配他人，面容惨白，
犹如清晨的月亮，我的心依然烧灼。(4)

迦曼陀吉 （独白）青春这孩子这样忧伤，令我心碎。茉莉这孩子也陷入绝望，性命难保。（高声）孩子青春，我要问你，你一直认为菩利婆苏会将茉莉交给我们吗？

青春 （羞涩）不，不，不是这样。

迦曼陀吉 那么，与以前的情况没什么两样。

摩格伦德 尊者，茉莉现在被许配他人，让人担心。

---

① 最后两句的意思是命运和爱神都不必为我操心了。

迦曼陀吉 我知道这个消息。这个消息也已经传开。国王出面将茉莉许配给南达纳，而菩利婆苏说国王有权支配自己的女儿。

摩格伦德 正是这样。

迦曼陀吉 今天那个侍从来通知说，国王亲自将茉莉许配给南达纳。孩子啊，人的所作所为依靠语言。善行和恶行都取决于语言。菩利婆苏的话具有虚假性[①]。茉莉毕竟不是国王自己的女儿。国王有权支配他人的女儿？这显然不符合正法。因此，不必为此事担心。孩子，你怎么会认为我不关心这件事？请听！

不必担心邪恶的灾难
会落到你们两人身上，
即使付出生命的代价，
我也会努力成全你俩。(5)

摩格伦德 尊者你说的话很有道理。还有，

尊者啊，你挚爱和同情这两个孩子，

① 迦曼陀吉说“菩利婆苏的话具有虚假性”是指菩利婆苏的话暗藏玄机，因为茉莉毕竟不是国王自己的女儿。

即使你已超凡脱俗，依然动了感情，
因此，你不顾忌出家人的行为规范，
这样尽心竭力，显然也是命运安排。(6)

（幕后传来话音）

尊者迦曼陀吉，王后命令你带着茉莉，赶快回来！

迦曼陀吉　孩子，起身吧！

（所有人起身。
茉莉和青春互相望着，怀着忧伤和爱意）

青春　（独白）哎呀，我和茉莉在这尘世上的遭遇多么不幸！

最初命运如同朋友，
不断地赐予我快乐，
却突然翻脸变残酷，
无情地伤害我的心。(7)

茉莉　（独白）让我的眼里充满喜悦的公子啊，这是我最后一次见到你。

罗宛吉迦　天啊，天啊！大臣将我亲爱的朋友置于生命危险的境地。

茉莉　（独白）现在，我生命的渴望已经成熟结果[①]。父亲无情的行为已经证明他的冷酷。邪恶的命运也已经开始采取残酷的行动。因此，我这个苦命的女子能责备谁？或者，我这柔弱无助的女子能求助谁？

罗宛吉迦　朋友，走这边，走这边！

（她俩与迦曼陀吉一起下场）

青春　（独白）无疑，尊者的话是出自对于我的真心关爱。（激动不安）无论如何，我生命的结果如何尚存疑问。现在该怎么办？（思索）看来，出卖人肉是个办法[②]。（高声）朋友摩格伦德，你也渴望获得摩德衍蒂迦。

摩格伦德　正是这样。

---

① 这句话的意思是我的生命即将结束。

② “出卖人肉”指向妖魔出卖人肉，以取悦妖魔，获得恩惠，实现自己的心愿。

她深深打动我的心，因为她
不顾上衣滑落，用甘露般的
肢体拥抱我受伤流血的身体，
而眼睛像惊恐的幼鹿望着我。(8)

青春　你肯定不难获得菩陀罗奇达的亲爱的朋友。还有，

是你在生死关头杀死老虎救她命，
她拥抱你后，怎么还会喜爱他人？
同时，这位莲花眼女郎的双眼
凝视你，显然表明她已爱上你。(9)

摩格伦德　那么，起身吧！我俩在波罗河和信度河的汇合处沐浴后，一起回城。

（两人起身，绕行）

青春　这是两条大河的汇合处。

河岸边有许多沐浴完毕的妇女，
湿衣紧贴而显示身体凹凸部分，

她们双手交叉捂住自己的胸脯，
丰满高耸的乳房似美丽的金罐。(10)

(两人下场)

第四幕终。

第五幕

（迦波罗贡吒拉上场，身穿闪亮而可怕的服装，
从空中之路飞来）

迦波罗贡吒拉

胜利属于充满能力的能力之主①！
他的灵魂居于十六脉圈的中央；
坚定地追随他，沉思他的形象，
他会赐予这些信徒神秘的力量。（1）

现在我来到这里。

---

① “能力之主”（śaktinātha）是大神湿婆的称号之一。“能力”（śakti）指神秘的能力，也是湿婆妻子的称号。

通过沉思的力量，我看到具有湿婆形象的
至高灵魂居于脉圈中央，出现在心莲花中，
我便抽出五大元素[①]，逐步用气息充满脉管，
因此，我毫不费力腾空，穿过空中的云层。(2)

还有，

我在天空中快速向前飞行，
脖颈上花环骷髅互相之间
剧烈的碰击声混合铃铛声，
赋予我可爱至极的恐怖性。(3)

同样，

我的发髻即使束得很紧，飞行中
仍向四面八方晃动，骷髅杖[②]上的
旗帜随风飘扬，铃铛发出的声响
在成排的死尸骷髅的空穴中回荡。(4)

---

① “五大元素”指印度教认为的构成身体的地、水、火、风和空这五个元素。这里是说抽出五大元素，身体变轻，就能腾空飞行。

② “骷髅杖”(khaṭvā)指顶端装饰有骷髅的棍棒，是湿婆信徒的标志物之一。

（绕行观察，嗅到气味）

这里是大坟场附近的迦罗拉[①]神庙。我已经嗅到火葬场的烟雾散发柠勃油味。今天，我的师父阿褒罗坎吒已经完成咒术仪式，吩咐我来这里寻找祭神用品。师父对我说："孩子迦波罗贡吒拉，今天我要兑现先前对迦罗拉女神的许诺，在这座城里找到一个女宝作为祭品。"因此，我要仔细寻找。（观察前方，惊奇）这是谁？容貌庄重可爱，头发浓密而卷曲，手中持剑，进入坟场。这个人，

肤色黑似蓝莲花，却显出苍白，
步姿优美可爱，脸庞宛如月亮，
左手拿着人肉，鲜血还在流淌，
失去高雅风度，一副冒险模样。（5）

（仔细观察）啊，这个人肉贩子正是迦曼陀吉的朋友的儿子青春。他不关我的事。我要抓紧做自己的事，现在黄昏快要结束，因为

① 迦罗拉（karālā）即遮蒙姐女神。

天空四周笼罩黑暗，犹如布满
多摩罗树，大地仿佛沉入水中，
夜晚开始让这些树林越变越黑，
犹如强风吹拂，到处弥漫浓烟。(6)

(绕行，下场)

插曲终。

(青春像上面所说的那样上场)

青春 (怀抱希望)

但愿这位美目女郎对我态度自然甜蜜，
互相接近，加深感情，充满温馨爱意，
我这么想着，外部器官顿时停止作用，
内心完全沉浸在喜悦之中，出神入迷。(7)

还有，

但愿让我拥抱她的身体，

脸庞紧紧贴着她的耳根，
她的胸前佩戴我编制的
波古罗花环，散发芳香。(8)

或许，我想得太远了。我只是盼望

我能再次见到她的脸庞，那是爱神的
吉祥居处，月亮的甘露精华凝聚而成，
进入视域，令人大饱眼福而激发爱情，
仿佛所有的快乐汇合，达到至高幸福。(9)

说真的，我现在几乎像当面见到她那样。因为我始终保持着对心上人的记忆，这种由直接感知获得的深刻印象始终保持清晰，不会受其他事物的干扰而消失。我与她心心相印，我俩仿佛合为一体。因为，

爱人在我心中，仿佛融化、黏合
或嵌入，又如映像、画像或雕像，
或者，如同爱神射入的五支花箭，
又如绵长细密的思绪交织成情网。(10)

（幕后传来嘈杂声）

青春 （倾听）啊，大坟场充满胆大妄为的魔鬼，确实恐怖。因为，

浓密可怕的黑暗笼罩这里的一切，
四周火葬堆的光焰显得格外耀眼，
那些魔鬼和罗刹女开始游戏娱乐，
迷醉兴奋，发出阵阵疯狂的叫喊。（11）

随它去吧！现在我要发出叫喊声。（高声）喂，喂！住在坟场的妖魔鬼怪们！

我出售没有经过武器净化的人肉①，
你们赶快来接受适合你们吃的肉！（12）

（幕后再次传来嘈杂声）

青春 怎么？我发出叫喊声后，坟场周围似乎出现更多

① 这里的意思是魔鬼不能吃在战斗中被武器杀死的武士的肉，因为在战斗中牺牲的武士都将升入天国。

妖魔和恶鬼，发出喧闹声。奇怪！

空中布满瘦长的魔鬼，隐隐约约，
脸部闪耀着光焰，嘴巴吐出火焰，
嘴角延伸至耳边，露出可怕獠牙，
头发、眼睛、眉毛和胡子似闪电。(13)

还有，

我看见一群食尸鬼腿长似枣树，
漆黑皮肤紧裹筋腱牵连的骨骼，
喘息着吞食人肉，一半从嘴中
掉出，喂养在周围嗥叫的豺狼。(14)

(观看四周，微笑)啊，这是另一类恶鬼。

身体苍白瘦长，嘴巴似
洞穴，伸出可怕的舌头，
犹如燃烧的罗希尼枯树，
树洞中爬出凶猛的毒蛇。(15)

(绕行,观看)啊,这个场面令人厌恶!

这个食尸魔鬼先是剥皮,掏出肚肠眼珠,
然后吞噬肩背臀部容易入口的腐臭肥肉,
把骷髅放在膝上,露出牙齿,不紧不慢,
继续啃食骨头上,甚至关节中残剩的肉。(16)

还有,

这些食尸鬼一再从火葬堆拽下死尸,
还冒着焦烟,骨头湿热,脂肪沸腾,
腿骨和关节附近两边的肉都已烤熟
而脱落,他们举着腿骨,吸吮骨髓。(17)

(微笑)啊,夜晚降临,这些女魔鬼兴高采烈!

这些女魔鬼以肠子为吉祥腰带,女尸的
手掌为红莲耳饰,成串的心为白莲花环,
以血浆为番红脂粉,以头盖骨为酒杯,
以骨髓为美酒,与情人一起寻欢作乐。(18)

(绕行,再次发出出售人肉的叫喊声)怎么?这些魔鬼已经离去,各种可怕的活动已经停止。唉,这些卑贱的魔鬼!(绕行,观看,忧郁)我已经看遍这个大坟场。因为在这前面,

坟场的另一边是一条河,岸边恐怖,
充满豺狼嗥叫声,还有如同茅屋的
树丛中,成群的猫头鹰发出鸣叫声,
河水裹挟着漂浮的骷髅而拍击河岸。(19)

(幕后传来话音)

无情的父亲啊,你用来博取国王欢心的这个人现在就要毁灭了!

青春 (激动,倾听)

这很像是惊恐的雌鹗发出的声音,
尖锐又甜蜜,听来耳熟而吸引我,
我的心破碎混乱,所有肢体颤动,
身体僵硬,步履艰难,怎么回事?(20)

还有，

这凄厉的呼喊声来自迦罗拉神庙，
肯定是那里发生什么可怕的事情。(21)

那么，我去看看！（绕行）

（迦波罗贡吒拉和阿婆罗坎吒上场，忙于敬拜女神，
茉莉身穿具有祭品标志的服装）

茉莉 无情的父亲啊，你用来博取国王欢心的这个人现在就要毁灭了！慈爱的母亲啊，你要受到命运恶作剧的伤害了！尊者迦曼陀吉啊，茉莉我如同你的生命。你舍弃所有一切，一心一意为我谋求幸福。正是由于对我的这种挚爱，此后你要长久承受内心的痛苦了！亲爱的罗宛吉迦啊，你以后只能在梦中见到我了！

青春 天啊，正是这位美目女郎！现在，事不宜迟，我要趁她还活着时，救下她！（快速绕行）

迦波罗贡吒拉和阿婆罗坎吒 遮蒙妲女神啊，我们俯首向你致敬！

我们崇拜你让湿婆信徒们喜悦的舞蹈！
你用力踩踏大地，地下神龟背壳受到
压迫而摇晃，宇宙这一部分失去稳定，
你的嘴深广似地下世界，吞下七大洋。(22)

还有，

你身穿象皮衣，舞动的指甲刺破月亮，
滴淌甘露，那些复活的骷髅发出狂笑，
受到恐吓的所有众生开始敬拜赞美你；
你伸展甩动手臂，掀翻周围许多山峰，
那些喘息的黑蛇蜷曲如同臂环的身体，
受到挤压而昂起顶冠，喷出毒液火焰；
你转动头部时，眼睛射出的火焰形成
圆圈，似旋转的火圈，连接世界各方，
你的骷髅杖上的旗帜拂动空中的星星；
所有的妖魔鬼怪欢欣鼓舞，拍击手掌，
湿婆闻声喜悦，紧紧地拥抱妻子高利，
女神啊，但愿你的舞蹈带给我们好运！① (23)

① 这首诗含有四行，每行有 54 个音节，总共 216 个音节。这种诗律在梵语诗歌中很少使用。这里译文每三行相当于原文的一行。

青春 天啊，大难临头！

身披红衣，佩戴红花环，如同婆苏[①]的
菩利婆苏的女儿落入两个为非作歹的
邪教徒手中，就好像天性胆怯的雌鹿
落入虎口，天啊，命运为何如此残酷？（24）

迦波罗贡吒拉

贤女啊，此刻你回忆一下你爱恋的
心上人吧！死亡的时刻马上要来临，（25ab）

茉莉 亲爱的青春啊，即使我在另一个世界，也会活在你的记忆中。只要心上人还记住我，我也就没有死去。

迦波罗贡吒拉 啊，这个苦命女至死爱恋青春！

阿褒罗坎吒 （举剑）管她呢，现在我要杀死她。

遮蒙妲女神啊，为了咒术仪式成功，

---

① 婆苏（vasu）是一类天神。因为菩利婆苏（bhūrivasu）这个名字中含有 vasu 一词，这里运用谐音修辞，也就是说“如同天神的菩利婆苏”。

请你先接受我向你许诺的这个祭品！（25cd）

（准备动手杀死茉莉）

青春　（冲上前去，伸手拉开茉莉）恶棍，滚开！你这该死的邪教徒！

茉莉　（急忙观看）公子救救我，救救我！（抱住青春）

青春　贤女，别怕，别怕！

在你面前的是你的朋友，你临死之际，
抛开一切顾忌，坦率表白对他的爱恋。
美人啊，不必颤抖，现在我要让这个
犯下罪孽的歹徒得到应有的严厉回报！（26）

阿婆罗坎吒　嗨，妨碍我行事的这个罪人是谁？

迦波罗贡吒拉　师父，这是她的心上人，迦曼陀吉的朋友的儿子，贩卖人肉的青春。

青春　（含泪）贤女，这是怎么回事？

茉莉　（叹息）公子，我也不知道。我只知道自己睡在顶楼上，一直醒着。而你从哪里来到这里？

青春　（羞涩）

我渴望今生能有幸牵住你的
莲花手，为此忍受烦恼折磨，
于是，我来到坟场叫卖人肉，
听到你的哭喊声，来到这里。(27)

茉莉 (独白)怎么他为了我，不顾及自己安全，出来游荡？

青春 怎么会出现这样的巧遇？因为

命运安排我遇见我的心上人，她如同月亮
进入罗睺之口，我在妖巫举剑之际救下她，
这期间，我的心恐惧而迷乱，悲悯而溶化，
惊讶而激动，愤怒而冒火，喜悦而绽放。(28)

阿窭罗坎吒 嗨，嗨！你这个婆罗门小子！

就像雄鹿怜悯同情落入虎口的雌鹿，
罪人啊，你落入我手，我喜爱杀戮，
正在举行人祭，因此，我要先用剑
砍断你脖子，用你的鲜血滋养大地。(29)

青春 恶棍！卑贱的邪教徒！

你怎么会决意要让这生活失去价值，
三界的瑰宝遭劫掠，人间失去美景，
亲人归依死亡，爱神失去往日骄傲，
人们失去视觉，三界变成荒芜森林？（30）

还有，你这罪人！

即使亲密无间的女友们与她嬉闹开玩笑，
用希利奢花轻轻打她，她的身体也受不住，
而你现在举剑想要毁灭这个娇嫩的身体，
让我的手臂如同阎摩的刑杖落到你头上！（31）

阿窭罗坎吒　嗨，恶棍！你打吧，你打吧！你不想活了！

茉莉　我的勇敢的主人啊，求求你！这个人实在残酷凶暴。因此，请求你保护我，不要采取这冒险的行动。

迦波罗贡吒拉　师父，你要小心。你就除掉这个恶棍吧！

青春和阿窭罗坎吒　（同时对茉莉和迦波罗贡吒拉说）胆怯的女子啊！

放心吧！这个罪人死定了！
狮子金刚杵般的爪子甚至

能撕破大象的颞颥，怎么
可能在与鹿儿交战中失手？(32)

（幕后传来嘈杂声，所有人倾听。
幕后又传来话音）

喂，喂！寻找茉莉的士兵们啊！尊者迦曼陀吉请大臣菩利婆苏放心。她的智慧无所阻碍，吩咐你们包围这座迦罗拉神庙。

除了阿窭罗坎吒，没有人
会做出这样残酷的事情，
他的唯一目的就是要获得
供奉迦罗拉女神的祭品。(33)

迦波罗贡吒拉 师父，我们被包围了。
阿窭罗坎吒 现在更需要我们鼓起勇气。
茉莉 父亲啊！尊者啊！
青春 好吧，我先将茉莉交给她的亲友们照看，然后，我就当着众人的面，杀死这个妖巫。
青春和阿窭罗坎吒 （互相指着）你这罪人！

我现在要用剑将你的身体砍成碎块，
砍断你的骨头关节，发出咔咔响声，
还要在刹那间砍断你的坚韧的筋腱，
轻松捣碎你的血肉，犹如搅动泥浆。(34)

（全体下场）

第五幕终。

第六幕

（迦波罗贡吒拉上场）

迦波罗贡吒拉　这个恶棍，该死的青春！他为了救茉莉，杀死我的师父。我当时同样残酷无情，而他蔑视妇女，放过我。（愤怒）由此，你肯定会尝到我迦波罗贡吒拉愤怒的后果！

雌蛇始终仇恨杀蛇的敌人，
怎会平息？因此保持警觉，
锋利的牙齿顶端布满毒液，
随时准备着伺机咬死敌人。(1)

（幕后传来话音）

请诸位国王遵照长辈的吩咐行动！
请婆罗门祭司吟诵悦耳的颂诗！
让各种安排尽善尽美，求得吉祥！
新郎的迎亲队伍很快就要来到。(2)

大臣的妻子听从尊者迦曼陀吉的指导，在亲家来到前，让女儿茉莉前往城市保护神的寺庙，求取吉祥平安。同时，她在那里，由侍女们装饰打扮。

迦波罗贡吒拉　这里挤满数以百计的人，忙于筹备茉莉的婚礼，还有许多侍卫。那么，我离开这里吧！我只是想寻找青春报仇。（下场）

插曲终。

（迦罗杭娑上场）

迦罗杭娑　主人青春告诉我，他和摩格伦德一起藏在城市保护神的寺庙内殿，吩咐我注意茉莉一行来到这里没有。我会向他报告好消息。

（青春和摩格伦德上场）

青春

从最初见到茉莉那天开始，到这位鹿眼
女郎向我表露爱慕之心，爱情达到极点。
今天尊者妙计若是成功，我将获得幸福，
若是失败，我承受的爱情折磨就此结束。(3)

摩格伦德　朋友，尊者富有智慧，她安排的妙计怎么会失败？

迦罗杭娑　（走近）主人，恭喜你，茉莉一行已经向这边走来。

青春　真的吗？

摩格伦德　朋友，你怎么还怀疑？不仅朝这里走来，而且已经到达。因为，

成千面鼓发出吉祥的鼓声，
犹如大风刮来大片的乌云，
响彻四面八方，震耳欲聋，
顿时淹没所有其他的声音。(4)

因此，来吧！让我们从窗户观看。

（三人一起观看窗外）

迦罗杭娑 主人，你看，你看！这些洁白的华盖美似白莲花，茎秆挺立在天空湖面上，随风飘扬的旗帜宛如波浪，晃动的拂尘宛如飞翔的天鹅，可爱迷人。那些母象身上的金铃铛网叮当作响，上面坐着许多美妇人，腮帮鼓起的嘴中嚼着槟榔叶，高唱吉祥的歌曲。身上佩戴各种珠宝，光彩熠熠，犹如空中的彩虹。

摩格伦德 确实，大臣菩利婆苏的财富令人羡慕。因为

四面八方闪耀珠宝的金色光芒，
其中夹杂蓝色光辉，犹如青鸟
在周围展翅飞翔，天空中仿佛
出现彩虹，又如覆盖美丽丝绸①。（5）

迦罗杭娑 怎么？那些侍从站在远处，围绕成圈，其中许多侍卫手持镶嵌金银叶片的藤杖。茉莉乘坐的那头母象肤色似黑夜，涂抹红颜料的脸颊似晚霞，

---

① 此处“丝绸”的原词是 cīnāṃsūka，词义为“支那丝绸”，即中国丝绸。

悬挂的宝石项链似星星。而茉莉的身体苍白憔悴，优美可爱似一弯新月，人们怀着好奇的目光仰望她。她已经走近过来。

摩格伦德　朋友，你看，你看！

她以苍白和憔悴装饰身体，
犹如花朵脱落的蔓藤枯萎，
纵然具有婚庆的吉祥光辉，
却显示内心深埋忧伤悲哀。(6)

怎么？那头母象趴下了。

青春　(喜悦)怎么？她与尊者和罗宛吉迦一起从象背上下来了。

(迦曼陀吉、茉莉和罗宛吉迦上场)

迦曼陀吉　(喜悦，独白)

但愿造物主为我们的妙计祝福，
但愿众天神带给我们可爱结果，
但愿我的朋友的儿女实现心愿，

但愿我们的一切努力吉祥圆满。(7)

茉莉 (独白)现在能找到什么办法,让我死亡而解脱?对于命运不幸的人,甚至死亡也难得。

罗宛吉迦 (独白)我亲爱的朋友陷入绝望而疲惫不堪。

(一名女侍卫捧着箱子上场)

女侍卫 尊者,大臣说这里面是国王派人送来的结婚礼服,让茉莉在城市保护女神面前穿上。

迦曼陀吉 大臣说得很对,因为这里是吉祥地。那么,取出来吧!

女侍卫 这是白丝绸内衣。这是红丝绸外衣。这些是佩戴在身上的各种装饰品。这是珍珠项链。这是檀香膏。这是白花顶冠。

迦曼陀吉 (独白)摩德衍蒂迦将会看到这样打扮而可爱的摩格伦德。(接过箱子,高声)好吧,就这样。你回去禀告大臣吧!

女侍卫 遵命!(下场)

迦曼陀吉 罗宛吉迦,你和茉莉一起进去吧!

罗宛吉迦 那么,尊者你去哪里?

迦曼陀吉 我要仔细看看这些珠宝装饰物的品质。（下场）

（罗宛吉迦和茉莉进入寺庙）

摩格伦德 朋友，让我俩躲在这个柱子后面。

罗宛吉迦 朋友，这是芳香的软膏。这些是花环。

茉莉 用来做什么？

罗宛吉迦 朋友，在婚礼开始前，你母亲让你来这里拜神，求取吉祥。

茉莉 你为何一再折磨我这遭受致命伤害的苦命人？我受到残酷命运的捉弄，忧心如焚。

罗宛吉迦 那么，你想说什么？

茉莉 渴望获得难以获得的东西，而命运作对。我想说的是这样的人说的话。

摩格伦德 朋友，你听到没有？

青春 听到了。但我没有听够，还不满足。

茉莉 （拥抱罗宛吉迦）我的好姐妹，亲爱的朋友罗宛吉迦啊！你亲爱的朋友孤苦无助，就要死去。自我出生以来，一直受到你关爱，我们互相信任，情谊深厚。我已经以这样的方式拥抱你，现在请求你：如果你肯施恩于我，那么，你要把我记在心中，怀着喜悦的心情，观看吉祥的青春的莲花脸，那是完美无瑕的吉祥女神喜爱的唯一居处。（哭泣）

青春 朋友摩格伦德！

萎靡的生命之花又重新绽放，
麻木昏沉的感觉又开始活跃，
幸运啊，听到这些话，犹如
甘露灌顶，我心中充满喜悦。（8）

茉莉 你要好好安排，在听到我的死讯后，让他不要忧愁哀伤，以致身体消瘦；也让他不要长期厌倦生活，萎靡不振。只希望他还会记得和谈论我这个去往另一世界的人。如果亲爱的朋友你接受我这个请求，我茉莉也就心满意足了。

摩格伦德 哎呀，太让人伤心了！

青春

鹿眼女郎陷入绝望而精神
脆弱，她的悲悼充满关爱，
在我听来既伤心，又迷人，

既忧心忡忡，又充满喜悦。(9)

罗宛吉迦 哎呀，别说这样不吉祥的话了！我不想再听。

茉莉 朋友，你一心爱护茉莉的生命，而不是爱护茉莉本人。

罗宛吉迦 朋友，你这样说是什么意思？

茉莉 （指着自己）你说的话都是希望我活下去，让我完成这个讨厌的仪式过程。而我许配他人，便是背叛自己心中的主人。因此，我现在的愿望是舍弃自己的生命。亲爱的朋友，请你不要阻止我实现这个愿望。（拜倒在罗宛吉迦脚下）

摩格伦德 她对你的爱已经到达极点。

（罗宛吉迦向青春招手示意）

摩格伦德 朋友，快过去，站在罗宛吉迦所站的地方。

青春 我激动得浑身发软。

摩格伦德 这是好运来临的天然标志。

（青春悄悄上前，站在罗宛吉迦所站的地方）

茉莉 朋友,请你答应我的这个请求。

青春

美女你不要感情冲动,
不要采取鲁莽的举动,
我不能忍受与你分离,
不可能接受你的想法。(10)

茉莉 朋友,你不能无视茉莉我拜倒在你面前求情。

青春 (喜悦)

你带给我可怕的分离
痛苦,我又能说什么?
那么就照你说的办吧,
也请你再一次拥抱我。(11)

茉莉 (喜悦)我感谢你的恩惠。(起身)我就这样拥抱你。泪水模糊我的双眼,我看不见亲爱的朋友。(拥抱,喜悦)朋友,接触你的身体,感觉特别,犹如莲花花丝,让我顿时感到清凉。(流泪)还有,我请求你双手在额头合掌,代我告诉他:"我这苦命人的眼睛没有福气长久随意观看你胜过莲花的月亮脸。由于希望落空，抵御不住持续增长的强烈焦虑，我的心力已经衰竭。我的身体一次次遭受灼热折磨，也让我的女友们格外为我焦虑而痛苦不堪。我艰难地熬过月光和摩罗耶山风不断带给我的烦恼折磨。现在我已经完全绝望。”我亲爱的朋友，你也要经常记起我。这是吉祥的青春亲自编制的可爱迷人的波古罗花环，你把它看成就是茉莉，始终把它戴在胸前。

（茉莉从自己脖颈上取下波古罗花环，
戴在青春胸前，然后突然后退，身体颤抖）

青春 （独白）

她的丰满结实的胸脯犹如花蕾，
紧贴我的身体，与我合为一体，
我感觉清凉如同樟脑、檀香膏、
珍珠项链、水草、莲藕和白雪。（12）

茉莉 （独白）唉，我被罗宛吉迦骗了。

青春 嗨,你只知道自己内心痛苦,却不理会别人内心痛苦,应该受到责备。

难道我不是这样度过这些日子?
我忍受着全身燃烧那样的灼热,
只依靠想象与你结合排遣痛苦,
生命凭确信你的爱才得以维持。(13)

罗宛吉迦 朋友,你确实应该受责备。
迦罗杭娑 啊,这样的安排多么可爱迷人,充满情味。
摩格伦德 贤女啊,正是这样。

他这些日子确实这样忍受煎熬,
只是依靠你爱他而支撑着自己,
你就赐予他牵手成婚的恩惠吧!
让他永久高兴,成就美满姻缘。(14)

罗宛吉迦 公子啊,其实她心中并不反对大胆采取自主结婚的方式,怎么会不伸手接受系上婚姻结带?
茉莉 呸,呸!她在暗示采取不符合少女行为规范的举动。

（迦曼陀吉进入）

迦曼陀吉 胆怯的孩子啊，怎么回事？

（茉莉颤抖着拥抱迦曼陀吉）

迦曼陀吉 （抬起茉莉的下巴）孩子啊！

你们两个一见钟情，随即心心相印，
你们两个身体日渐消瘦，同病相怜。
姑娘啊！面对心爱的情郎切莫犹疑，
让造物主的智慧和爱神的愿望实现。（15）

罗宛吉迦 确实，这位勇士在黑半月第十四日，在坟场游荡，表明他怀抱坚强决心，又用结实强壮的手臂挫败了邪教徒的暴行。我亲爱的朋友为此胆颤心惊。

摩格伦德 （独白）好啊，罗宛吉迦，好啊！在这当口，你的提示有助于成全他俩的爱情。

茉莉 父亲啊！母亲啊！

迦曼陀吉 孩子青春！

青春 请吩咐！

迦曼陀吉　大臣菩利婆苏的双脚沾有各地诸侯头顶花冠的花粉。茉莉是他唯一的宝贝女儿。由于你俩完全匹配，现在造物主、爱神和我把她交给你。（哭泣）

摩格伦德　由于尊者的恩惠，我们的愿望实现。

青春　尊者为何流泪哭泣？

迦曼陀吉　（用衣角擦去眼泪）我要恳求你这位有福之人。

青春　请吩咐！

迦曼陀吉

你的爱情现在已获得可爱的结果，
由于种种原因，我也值得你尊敬，
因此，孩子啊，以后我不在身边，
你始终都不要忘却爱怜这位美女。（16）

（俯身准备敬拜青春）

青春　（拦住她）哎呀，你出于慈爱，越过仪轨。

摩格伦德　尊者啊！

她的出身高贵，美貌饱人眼福，
爱情得到证实，品德熠熠生辉，

这其中的任何一项都令人着迷，
加上你的挚爱，还用多说什么？（17）

迦曼陀吉 孩子青春！

青春 请吩咐！

迦曼陀吉 孩子茉莉！

茉莉 请吩咐！

迦曼陀吉

但愿你们两个孩子互相明白：
丈夫和合法的妻子结成姻缘，
爱人、朋友和亲人合为一体，
是所有人向往的宝库和生命。（18）

摩格伦德 正是这样。

罗宛吉迦 确实像尊者吩咐的这样。

迦曼陀吉 孩子摩格伦德，你就穿上为茉莉准备的结婚礼服，去完成你自己的婚礼吧。（递给他箱子）

摩格伦德 听从尊者吩咐。现在让我去后面化妆打扮。（进入幕后）

青春 我的朋友，这样做很危险。

迦曼陀吉 这不用你操心。

青春 确实，尊者心中有数。

摩格伦德 （笑着从幕后出来）朋友，我是茉莉。

（所有人微笑，好奇地观看他）

青春 （拥抱摩格伦德，开玩笑）贤友啊，南达纳肯定会爱上你这位美人。

迦曼陀吉 茉莉和青春你们两个孩子，现在从这里出去，穿过密林，到我们寺院后面的花园里去，举行结婚仪式。阿婆罗吉达已经备好结婚仪式的一切用品。而且，

那里四周围绕着摇曳的摩杜楞迦树，园内
槟榔树硕果累累，槟榔叶犹如满怀渴望的
盖罗拉妇女苍白脸颊，鸟儿品尝迦波罗果，
发出欢快鸣叫，这一切都为你俩助兴效劳。(19)

你俩要停留在那里，直到摩格伦德和摩德衍蒂迦到来。

青春 （喜悦）确实是好运连连。

迦罗杭娑　只要运气好，我们就能如愿以偿。

摩格伦德　怎么你还有怀疑？

罗宛吉迦　我亲爱的朋友，听到了吧？

迦曼陀吉　孩子摩格伦德，贤女罗宛吉迦，现在我们出发。

茉莉　朋友，你也一定要去？

罗宛吉迦　（微笑）确实，现在我们都要离去。

（迦曼陀吉、罗宛吉迦和摩格伦德下场）

青春　现在，

我心中的爱情灼热似夏季，紧握她的手，
她的这条柔嫩手臂汗毛竖起，手指冒汗，
犹如大象夏季炎热似情焰，用象鼻卷起
红莲花，莲花茎秆布满尖刺，花瓣湿润。（20）

（全体下场）

第六幕终。

第七幕

（菩陀罗奇达上场）

菩陀罗奇达　好啊，遵照尊者的指示，摩格伦德装扮得像茉莉本人一样可爱迷人，假装要嫁给南达纳，现在小心地藏在大臣菩利婆苏的住宅里。今天，我们去了南达纳家，然后，尊者告别南达纳离去，回到自己的住处。现在是黄昏时分，在新郎前来迎接新娘的时刻，所有的仆从却不合时宜地忙于庆祝月光节，不过这倒有利于我们实施计划。刚才，新郎满怀激情，渴望接回新娘，一次次拜倒在新娘脚下求情。然而，他遭到新娘严厉的斥责和拒绝，羞愧窘迫，说话哆嗦，怒火中烧，眼珠乱转，赌咒发誓说："我现在不娶你这个怪癖的女人了！"说罢，他拔腿离去。现在，我要抓住这个机会，带来摩德衍蒂迦，让她与摩格伦德相会。

插曲终。

（乔装茉莉的摩格伦德和罗宛吉迦上场，
前者坐在床上）

摩格伦德 罗宛吉迦，尊者托付菩陀罗奇达实施的计划会成功吗？

罗宛吉迦 公子，何必怀疑？不要多说了，因为我听到脚镯铃铛响声，我觉得肯定是菩陀罗奇达找到借口，把摩德衍蒂迦带来了。因此，你盖上外衣，躺下装睡。

（摩格伦德照她的话做。
摩德衍蒂迦和菩陀罗奇达上场）

摩德衍蒂迦 朋友，是真的吗？茉莉激怒了我的兄长。

菩陀罗奇达 是这样。

摩德衍蒂迦 哎呀，太不幸了！来吧，我们去责备茉莉的坏脾气。

（两人绕行）

菩陀罗奇达 这里是卧室门口。（两人进入）

摩德衍蒂迦 朋友罗宛吉迦，你亲爱的朋友好像睡着了。

罗宛吉迦 朋友，来吧！不要吵醒她。她一直在生气，现在稍微消气，入睡了。因此，你就悄悄坐在床边。

摩德衍蒂迦 （这样坐下）朋友，她是受欺负才发脾气的吗？

罗宛吉迦 我亲爱的朋友，得到你的兄长这样的丈夫怎么可能受欺负？他善于设法赢得新娘信任，说话可爱迷人，温存体贴，不动肝火。

摩德衍蒂迦 菩陀罗奇达，你看！相反是我们应该受责备。

菩陀罗奇达 既相反，也不相反。

摩德衍蒂迦 什么意思？

菩陀罗奇达 即使你的兄长拜倒在她的脚下，她却依然害羞，不尊重丈夫，犯下这个错误，因此，她应该受责备。然而，亲爱的朋友，你的兄长遭到新娘拒绝，一时遭遇挫折，心慌意乱，忘却自己的高贵身份，语言有些失当，因此，你不应该受责备[1]。还有，“女人天性柔嫩似花朵，应该温和对待。如果男方没有取得女方信任，突然采取粗鲁举动，就会结成冤家”。这是《爱经》作者们的告诫。

罗宛吉迦 （含泪）家家男人爱娶出身高贵的少女，但是，没有哪个男人会面对本性天真纯朴的高贵少女，仅仅因为她犯有羞涩的过错，便认为自己有权用火焰般的话语灼烧她。这样的羞辱犹如扎在心头的利箭，会让她痛苦难忍，一辈子也不会忘记，而厌恶住在丈夫家。而且，蒙受这样的羞辱的女子，也会受到亲友们嫌弃。

摩德衍蒂迦 菩陀罗奇达，我亲爱的朋友罗宛吉迦看来很伤心。我的兄长肯定说了什么伤人的话。

菩陀罗奇达 正是这样，我们听他说：“我现在不娶你这个怪癖的女人了！”

摩德衍蒂迦 （捂住双耳）天啊，太过分了！真是不幸！朋友罗宛吉迦，我现在真是没脸见你。即使这样，我仍然有话要对你说。

罗宛吉迦 我听你的。

---

① 这句话的意思是受责备的应该是你的兄长。

摩德衍蒂迦 即使我的兄长脾气不好，行为失当，你们现在也应该顺应他的心愿，因为他毕竟是丈夫。而且，他责备她而说出不符合高贵身份的话，你不知道其中的原由吗？

罗宛吉迦 我怎么不知道他这样说话的意思？

摩德衍蒂迦 人们都在传说茉莉真心爱恋公子青春。确实可以说尽人皆知。因此，亲爱的朋友，你应该努力设法彻底根除丈夫心中对妻子不端行为的疑虑。否则，肯定会铸成大错。因为少女出于偏执，便会残酷无情，伤害丈夫的心。但你不要告诉她，说这是摩德衍蒂迦说的话。

罗宛吉迦 哎呀，你这轻信谣言的人，请离开吧！我不想与你交谈。

摩德衍蒂迦 朋友，请原谅，请原谅！你等一下，或许我应该把话说明白。我们确实知道茉莉将青春视同自己的生命。谁会没有发现她的美似盖多迦花的肢体慵倦乏力而格外迷人，她脖颈上佩戴的青春亲手编制的波古罗花环成了她生命的唯一支撑。而青春苍白憔悴如同清晨的月亮，也同样可爱迷人。还有，你不是也看到，他俩那天在百花园相遇，目光交融。他俩满怀好奇心，莲花眼绽开，眼珠愉快转动，闪闪发光，仿佛得到爱神这位舞蹈师的真传，展现一切可爱迷人的姿态。还有，你不是也看到，得知茉莉被许配给我的兄长的消息，他俩顿时焦虑不安，随后身体渐渐消瘦憔悴，心儿仿佛被撕裂。我还记得另一件事。

罗宛吉迦 什么事？

摩德衍蒂迦 那天，茉莉向青春报告那位公子，即我的救命恩人苏醒的消息后，在尊者巧妙的话语提醒下，青春满怀喜悦，大胆表白要自主结婚，把心和生命交给茉莉支配。罗宛吉迦啊，你当时就说这确实是符合你亲爱的朋友心愿的恩惠。

罗宛吉迦 朋友，那位公子是谁？我不记得了。

摩德衍蒂迦 朋友，你想想，好好想想！那天，我孤苦无助，落入化作老虎的死神之口。在这生死关头，我的救命恩人，与我非亲非故，不顾惜自己在世界上最宝贵的生命，用他粗壮的手臂救护我。他的宽阔结实的胸膛被虎牙咬破，伤口似破碎的遮芭花环。他全然出于对我的同情，忍受金刚杵般锐利的虎爪袭击，最终杀死那头凶恶如同罗刹的猛虎。

罗宛吉迦 噢，是摩格伦德。

摩德衍蒂迦 （喜悦）亲爱的朋友，你说什么？

罗宛吉迦 还能是谁？我说是摩格伦德。（微笑，触摸摩德衍蒂迦的身体）

我们的情况确实与你说的一样，
我还用说什么？这天真纯朴的
高贵少女在谈话中怎么会突然
汗毛竖起，犹如迦昙波树开花。（1）

摩德衍蒂迦 （害羞）朋友，你何必嘲笑我？说实话，在谈话中，一提到他的名字，我就想起他对我的恩情，不顾自己生命安危，顽强勇敢，从死神之口救出我，心中就会感到欣慰。而且，你也亲眼看到这位公子为了救我，身负重伤，剧烈的疼痛使他失去知觉，全身冒汗，昏迷中闭上那双莲花眼，而用剑顶着地面，竭力撑住自己身体。

菩陀罗奇达 （触摸摩德衍蒂迦的身体）我亲爱的朋友的身体已经作出决定了。

摩德衍蒂迦 （害羞）亲爱的朋友，你别打岔！我的朋友跟我说知心话，让我敞开了心扉。

罗宛吉迦 朋友摩德衍蒂迦，我们心里都明白。因此，请原谅。你不要找借口了，来吧，就让我们一起享受说知心话的快乐吧!

菩陀罗奇达 朋友,罗宛吉迦这话说得真好。

摩德衍蒂迦 我现在听从两位朋友的安排。

罗宛吉迦 如果是这样,那么,你说说,你是怎样打发时间的?

摩德衍蒂迦 亲爱的朋友,请听!最初我信任菩陀罗奇达介绍的情况,对这个人产生强烈的好奇心,满怀渴望。后来,出于命运安排,我遇到了他。从此,相思的痛苦难以遏制,心中的激情灼热而沸腾,生命仿佛分崩离析。我从未体验过这种痛苦,爱情火焰在体内燃烧,灼热遍布全身,侍女们为此焦虑不安。菩陀罗奇达反对我以一死了之这种简单容易的方法摆脱绝望的烦恼,因此,我仍然体验生命世界的变化,烦恼继续增长,惶惶不可终日。

我陷入相思,如痴如醉,经常在想象中和睡梦中看见这个人。亲爱的朋友啊,我看见他也久久凝视我,随即满怀惊喜,那双莲花眼绽开,犹如醉后兴奋,眼珠舞动。而且,我听到他称呼我"亲爱的摩德衍蒂迦",犹如天鹅吞食莲花花蕊后,喉咙带着涩味,声音含混又深沉,灌入我的耳朵。然后,他鲁莽地抓住我覆盖颤动的乳房的丝绸外衣,吓得我心惊肉跳。

我急忙甩掉外衣，用莲花茎秆般的双臂遮住隆起的双乳，准备走开。而这时腰带衣结松散，阻住我的丰腴的大腿迈步前行。我对他一再缠住我不放感到不满而责备他，而他嘲笑我，因为我的眼睛一再向他传递温柔的目光，泄露了我内心的真实感情。

亲爱的朋友啊，他用那双强壮的手臂抱住我，紧贴他宽阔结实的胸膛。这胸膛上还留有虎爪抓伤的伤痕。他伸手按住我的头，我急忙摆开，而发髻松开头发披散。他的莲花脸展露笑容，随心所欲亲吻我抬起而不动的脸庞的所有部位。他的颤动的下嘴唇久久贴在我的左颊下部，他的优美身体汗毛竖起，也随之颤动。他的眼睛兴奋激动，又迷茫不安，缓缓转动。他执意采取鲁莽的举动，向我提出不应该提出的请求。

亲爱的朋友啊，我体验到这一切后，突然醒来。我这不幸的人又面对生命世界，如同处身荒芜的森林。

罗宛吉迦　（微笑）朋友摩德衍蒂迦，你坦白告诉我，是不是当时菩陀罗奇达怀着善意，笑嘻嘻望着你，或者，你盖着被子，没有让侍女们看见你？

摩德衍蒂迦　哎呀，你总是乱开玩笑，走开吧！

菩陀罗奇达 朋友摩德衍蒂迦，茉莉亲爱的朋友当然会采取这样的谈话方式。

摩德衍蒂迦 朋友，你别这样嘲笑茉莉。

菩陀罗奇达 朋友摩德衍蒂迦，现在我要问你一件事，如果你信任我的话。

摩德衍蒂迦 朋友，你怎么这样说话？难道我犯过对你不信任的错误？亲爱的朋友，现在，你和罗宛吉迦都是我的知心朋友。

菩陀罗奇达 如果摩格伦德再次出现在你的眼前，你会怎么样？

摩德衍蒂迦 我的双眼会大饱眼福，久久凝视他的身体每个部位。

菩陀罗奇达 那么，如果他在爱情的强力驱动下，像黑天娶鲁格蜜尼那样，以自主结婚的方式娶你为妻①，你会怎样？

摩德衍蒂迦 （叹息）你为何鼓励我这样做？

菩陀罗奇达 朋友，说吧！

摩德衍蒂迦 朋友，我能说什么？他用自己的身体从虎

---

① 按印度神话，鲁格蜜尼是维达巴国公主，爱上黑天，而她的兄长逼她嫁给童护王。于是，鲁格蜜尼悄悄派人向黑天传信求救，黑天便采取抢婚的方式，娶她为妻。

口救出我，已经买下我，我已经是他的奴仆。

罗宛吉迦 这确实符合你的高贵品质。

菩陀罗奇达 你要记住你说的这些话。

摩德衍蒂迦 怎么？黄昏第二个时辰结束的鼓声响起了。那么，我要去责备南达纳，劝他拜倒在茉莉脚下，安抚茉莉。

（摩德衍蒂迦起身准备离去，
摩格伦德露出脸，握住她的手）

摩德衍蒂迦 朋友茉莉，你醒了？（观看，喜悦，惊慌）哎呀，怎么会是这样？

摩格伦德

美女啊，别害怕！你的细腰
承受不住你颤抖的沉重胸脯；
我是你的奴仆，已经了解你
在想象中赐予我这样的恩惠。(2)

菩陀罗奇达 （抬起摩德衍蒂迦的下巴）

这是你千百回魂牵梦绕的情郎，
大臣住宅里的人都已喝醉入睡，
天色漆黑，你就报答他的恩情，
别让脚镯发出声响，我们走吧！(3)

摩德衍蒂迦 朋友菩陀罗奇达，我们现在去哪里？

菩陀罗奇达 去茉莉那里。

摩德衍蒂迦 茉莉也跨出了这大胆的一步？

菩陀罗奇达 正是这样。而你也已经说了这些话。(重复前面摩德衍蒂迦表示同意的话)

(摩德衍蒂迦流泪)

菩陀罗奇达 公子，我亲爱的朋友自愿嫁给你。

摩格伦德

今天，我已获得辉煌的胜利，
这是我青春开花结果的节日，
正是爱神恩宠我，将为朋友
出力的担子安放在我的肩上。(4)

那么，我们从这里的边门出去。

（所有人悄悄迈步绕行）

摩格伦德　啊，王家大道夜深人静，多么可爱！因为现在，

风儿在上空吹进住宅顶楼窗口，
又往复吹拂，夹带陈酒的醇香，
混合花朵的芬芳和樟脑的香气，
预示新郎和新娘举行结婚仪式。(5)

（全体下场）

第七幕终。

第八幕

（阿婆罗吉达上场）

阿婆罗吉达 尊者从南达纳家返回，我已经向她俯首致敬。现在，我要到茉莉和青春身边去。（绕行）他俩已经完成夏季夜晚沐浴。我这就走向前去。（下场）

插曲终。

（茉莉、青春和阿婆罗吉达上场，茉莉和青春坐着）

青春 （喜悦）确实，爱神的好友午夜具有青春的魅力[1]。因为，

---

① 这句暗喻午夜是欢爱的时刻。

这高高升起的月亮光芒苍白，
如同成熟而发白的多罗树叶，
驱散浓密的黑暗，空中仿佛
飘浮风儿扬起的盖多迦花粉。(1)

(独白)我该怎样安抚脾气倔强的茉莉？好吧，就这样。(高声)亲爱的茉莉，我为了消除夏季的炎热，想与你说说话，因为刚刚沐浴完毕，你此刻格外清凉。我要问你为什么无缘无故不理我。

美女啊，发髻上水珠还在滴淌，
花蕾般双乳间的乳沟依然湿润，
柔嫩而苗条的肢体上汗毛竖起，
请开恩！至少赐予我一次拥抱。(2)

啊，犟脾气姑娘！

你激动不安，手臂上冒出汗珠，犹如
月亮宝石项链在月光亲吻下渗出水珠，
可爱迷人，请求你就用这双手臂搂住
我的脖子，仿佛给我注入生命活力吧！(3)

或许这是我的奢望。但是，为何我不配与你交谈？

我的身体长期遭受摩罗耶山风和月光
折磨而烦恼，不能获得你拥抱而清凉，
那么，我耳朵也遭受杜鹃的甜蜜鸣声
折磨，就让我聆听你的悦耳的话音吧！（4）

阿婆罗吉达　（走近）你这优柔寡断的少女！公子不在你身边时，你一刻也不得安宁，对我说："我要等多久才能看到他？如果我见到他，就会完全放心，眼睛一眨不眨凝视他。我会请求他热烈拥抱我。"怎么现在变成这样？

（茉莉仿佛以责备的眼光看向她）

青春　（独白）啊，尊者的上首弟子说话八面玲珑，堪称妙语宝库。（高声）亲爱的，阿婆罗吉达说的话是真的吗？

（茉莉摇头）

青春 （独白）如果你不说实话，我就用我、罗宛吉迦和阿婆罗吉达的生命发誓请求你。

茉莉 我不知道……（话未说完，害羞）

青春 啊，欲言又止，多么可爱！（观看，惊慌）阿婆罗吉达，你看这是怎么啦？

泪水突然涌出，洗刷这位
鹿眼女郎原本洁净的脸颊，
而月亮仿佛以月光为吸管，
想要吸吮她身上美的甘露。（5）

阿婆罗吉达 你为何突然泪水涌出，开始哭泣？

茉莉 朋友，我还要忍受多久亲爱的朋友罗宛吉迦不在身边的痛苦？我无法得到她的消息。

青春 阿婆罗吉达，怎么会这样？

阿婆罗吉达 你方才说要发誓时，提到罗宛吉迦。而她挂念罗宛吉迦，渴望得到她的消息，因此，焦虑不安。

青春 确实，我已经派迦罗杭娑前往南达纳家打探消息。（怀抱希望）阿婆罗吉达，菩陀罗奇达努力撮合摩德衍蒂迦和摩格伦德，想必会成功。

阿婆罗吉达 公子何必怀疑？公子，当初摩格伦德被虎爪抓伤，茉莉向你报告摩格伦德从昏迷中苏醒的喜讯，在尊者的启发下，你表示愿意将心和生命献给茉莉。如果现在有人向你报告摩德衍蒂迦和摩格伦德的喜讯，你会怎样酬谢他？

青春 你问得好。（望着胸口）这是用为爱神花园增添光彩的波古罗树上的花朵编制的花环。它是茉莉深深爱上我的最早见证者。

她的密友把它交给她，因为是我编制的，
她满怀爱恋，佩戴在自己丰满的胸脯上，
结婚仪式临近时，误以为我是罗宛吉迦，
她将这个花环作为她的全部生命交给我。（6）

阿婆罗吉达 朋友茉莉，这是你心爱的花环。因此，你现在一定要保护它，不能让它突然落到别人手里。

茉莉 亲爱的朋友，你的话说到我心里。

阿婆罗吉达 怎么？好像有脚步声。

青春 （朝幕后观看）啊，迦罗杭娑回来了。

茉莉 恭喜你！摩格伦德获得摩德衍蒂迦了。

青春 （喜悦，拥抱茉莉）这是我们大家的喜事。（取下脖子上的波古罗花环，交给茉莉）

阿婆罗吉达 菩陀罗奇达肯定已经完成尊者托付她的重任。

茉莉 （喜悦）啊，我亲爱的朋友罗宛吉迦也回来了。（起身）

（迦罗杭娑、菩陀罗奇达、摩德衍蒂迦和
罗宛吉迦一起慌忙上场）

三人 请公子快去救人，快去救人！在半路上，城市卫兵们攻击摩格伦德。恰好那时我们遇见迦罗杭娑，他把我们带来这里。

迦罗杭娑 我在路上听到前面传来喧闹声，我就猜想我们遭到对方的人拦截了。

茉莉和阿婆罗吉达 天啊，天啊！快乐和灾祸同时降临。

青春 摩德衍蒂迦，欢迎你来到这里！你的光临是我们的荣幸。对于摩格伦德也是如此。我的朋友孤身与敌人奋战，这对他不算什么。

他的手是狮子的朋友，指甲厉害，
酷爱冒险，创造无比的英勇业绩，
象王宽阔的面颊上流淌颞颥液汁，

唯独这位英雄[1]能够击碎它的头骨。(7)

现在我要立即前去援助英勇奋战的朋友。

（迈开有力的步伐，与迦罗杭娑
一起绕行，下场）

三人 衷心希望这两位公子平安归来。

茉莉 朋友阿婆罗吉达和菩陀罗奇达，你俩快去向尊者报告这件事。亲爱的朋友罗宛吉迦，你也快去向公子传话，说如果他俩还关心同情我们的话，行动一定要小心。

（阿婆罗吉达、菩陀罗奇达和
罗宛吉迦一起下场）

茉莉 天啊，天啊！我要怎样度过这段时间？好吧，我去站在路口，等候罗宛吉迦回来。（绕行，惊觉）我的右眼跳动，预示不吉祥。（坐下）

---

① “这位英雄”也指摩格伦德的手。

（迦波罗贡吒拉上场）

迦波罗贡吒拉 嗨，你这罪人，站住！

茉莉 （惊恐）公子啊！（话语噎住）

迦波罗贡吒拉 （发出狰狞的笑声）你就哭喊吧！

你的情人，杀害苦行者的凶手，
在哪里？让你的夫主保护你吧！
你终于落入我手，还能做什么？
就像鹌鹑落入鹰爪，浑身颤抖。(8)

我要把她带到吉祥山，将她砍成碎片，让她痛苦地死去。

（劫持茉莉，下场）

摩德衍蒂迦 我要去陪伴茉莉。（绕行）朋友茉莉！

罗宛吉迦 （上场）朋友摩德衍蒂迦，我是罗宛吉迦。

摩德衍蒂迦 你见到公子了？

罗宛吉迦 没有，没有！他刚走到花园门口，就听到喧嚣声，于是他快速迈开双腿，勇猛地冲进对方军队。

我这不幸的人只能转身返回。一路上，我听到家家户户的居民带着忧伤的感情，称赞他俩的品质："啊，威武的青春！啊，勇敢的摩格伦德！"据说国王听到两位大臣家的女儿遭到劫持的消息，又气愤又忌恨，立刻派遣一支精锐部队追捕，而他站在王宫顶楼，借助月光，观察事态进展。

摩德衍蒂迦 天啊，我这不幸的人要遭殃了！

罗宛吉迦 朋友，茉莉去了哪里？

摩德衍蒂迦 朋友，她先是去路口等候你。后来，我没有再看见她。或许她进入花园深处了。

罗宛吉迦 朋友，我们赶快去找她。我亲爱的朋友胆小脆弱。眼前这样凶险的境况，她承受不了。（快速绕行）朋友茉莉！我在叫你，朋友茉莉！（这边那边绕行）

（迦罗杭娑上场）

迦罗杭娑 老天保佑！我们平安摆脱这场危险的冲突。我现在眼前依然展现对方军队不断挥动的锃亮利剑，在月光映照下，闪烁可怕的光芒。这场景状似醉意朦胧的大力罗摩用强劲的手臂拽拉扔进阎牟那河的犁头，引起河中波浪翻滚[①]。在摩格伦德勇敢无畏的猛烈反击下，对方军队乱作一团，节节败退，哀叫声响彻天空。我也记得我的主人青春挥动金刚杵般可怕手臂，夺下对方骨骼散架的士兵手中武器，勇往直前，一路击退敌人。

啊，国王赏识品德！他在王宫顶楼派遣侍卫前去以礼貌的话语平息这场冲突，将青春和摩格伦德带到他那里。他一再凝视青春和摩格伦德的月亮脸，目光温存。他从我迦罗杭娑口中得知他俩出身高贵，对他俩极其尊敬。这时，菩利婆苏和南达纳激动不安，心生忌恨，脸色阴沉发黑似墨汁，而国王以甜蜜的话语提醒他俩："这两位可爱的青年朝气蓬勃，品质高贵，堪称世界的顶饰，难道你俩对这样两位女婿还不满意吗？"说罢，国王起身离去。

现在，青春和摩格伦德回来了。而我要去把这个消息报告尊者。（下场）

（青春和摩格伦德上场）

---

① 按印度神话，大力罗摩是黑天的兄长。两人都是大神毗湿奴的化身。一次，大力罗摩酒后带着醉意，要求阎牟那河走近前来，让他沐浴。阎牟那河没有听从。于是，大力罗摩将自己的犁头扔进河中，拽拉着阎牟那河奔跑，于是，阎牟那河只得求饶，同意他的要求。

摩格伦德　可爱的青春确实威武勇敢，胜过一切人。因为，

他勇敢无畏，挥动手臂猛烈打击敌人，
打得他们骨骼散架，夺过他们的武器，
一路冲入躯体似波浪翻滚的战斗海洋，
他身躯两边的步兵吓得身体僵住不动。(9)

青春　确实，这也令人感到遗憾。

今天月光节午夜的月光格外明亮，
他们庆贺喝酒后，拥抱情人取乐，
而你的铁闩般的手臂将他们打得
骨骼散架，使他们现在身处困境。(10)

确实，我们也不应该忘却国王的善意。他不在意我们两个犯上者。那么，来吧！我现在想在茉莉面前，听你详细讲述获得摩德衍蒂迦的经过。因为，

在你讲述时，摩德衍蒂迦的
眼睛一眨不眨，而一旦遇见
茉莉微笑而颤动的斜睨目光，

她的莲花脸便会羞涩而低垂。(11)

(两人绕行)

花园到了。(进入)

青春　这个水池周围怎么空空荡荡?

摩格伦德　朋友,肯定是她们为我俩担心着急,四处游荡,排遣忧愁,可能进入了花园深处。来吧,让我们找寻她们。(绕行)

罗宛吉迦和摩德衍蒂迦　朋友茉莉!(突然看见他俩,喜悦)幸运啊!我们见到两位公子安然无恙回来了。

青春和摩格伦德　两位贤女,茉莉在哪里?

罗宛吉迦和摩德衍蒂迦　这里哪儿有茉莉?我们两个不幸的人方才还误以为听到了她的脚步声。

青春　两位贤女,我的心几乎要碎成千瓣,因此,请说得明白些!

因为我恐惧我的莲花眼女郎可能
会遭遇不测,我的心在剧烈颤抖,
听了你的话,我左眼皮开始跳动,
预示不吉祥,哎呀,我要遭殃了!(12)

摩德衍蒂迦　当时，公子你离去后，她吩咐阿婆罗吉达和菩陀罗奇达去向尊者报告情况，又吩咐罗宛吉迦去嘱咐你行动小心。然后，她焦急不安，去路口观望等候。后来，我想去陪伴她，但没有看到她。于是，我俩进入花园寻找她，最后，遇到你俩。

青春　哎呀，亲爱的茉莉！

我担心发生了不幸的事，焦急万分，
你就停止开玩笑吧！你若要考验我，
我已受过考验，亲爱的，请回答我！
无情的人啊，我现在心中惶恐不安。(13)

罗宛吉迦和摩德衍蒂迦　亲爱的朋友啊，你在哪里？

摩格伦德　朋友，情况还不清楚，你何必这样惊恐？

青春　朋友，你难道不知道她为爱我而遇到痛苦时，会变得怎样脆弱？

摩格伦德　确实是这样。但是，我们也可以猜想她可能去了尊者那里。来吧，我们去那里找她。

罗宛吉迦和摩德衍蒂迦　这也有可能。

青春　但愿如此。(绕行)

摩格伦德　(独白)

她是否去了尊者那里，或者
她是否还活着？我充满怀疑，
因为与亲友爱人相伴这样的
快乐常常如同闪电忽闪忽灭。(14)

（全体下场）

第八幕终。

第九幕

（绍达蜜尼上场）

绍达蜜尼 我是绍达蜜尼，从吉祥山升空，来到波德摩婆提城。我现在要到青春那里去。他与茉莉分离后，不能忍受看见熟悉的地方，离开自己的家，与朋友一起停留在这个充满峡谷、山岳和丛林的地区。啊，我在高空俯瞰所有的山岳、城市、村庄、河流和森林。（观看身后）

波德摩婆提城以信度河和
波罗河为腰带，河水清澈，
仿佛是高耸的宫殿、寺庙、
城门塔楼撕下的部分天空①。（1）

---

① “部分天空”喻指两条河水清澈的河流。

还有，

这里是两条河流的汇合处，一排排
波浪愉快翻滚，周边丛林附近长有
母牛和牛犊喜爱的新鲜乌罗波草丛，
民众看到雨季乌云来临而欢欣鼓舞。(2)

(观看另一边)这是圣洁的信度河冲裂地面而成的瀑布。

这瀑布的轰鸣声犹如新升的
饱含雨水的乌云发出的雷声，
在周围的山谷和洞穴中回响，
堪比象头神喉咙发出的吼声。(3)

这个森林茂密的山区主要有檀香树、马耳树和波古罗树，成熟的摩鲁罗树散发芳香，令我想起南方森林茂密的山区，那里广阔的山坡上，山洞和凉亭回响戈达瓦利河的咆哮声，布满多鲁那树、迦昙波树和瞻部树而幽暗。这里是摩杜摩提河和信度河的汇合处，是天然的尊神湿婆的标志，被命名为“金

滴”。（俯首致敬）

胜利属于世界创造者！属于赐予
一切恩惠者！属于吠陀经典宝库！
胜利属于佩戴月亮顶饰者！属于
毁灭爱神者！属于原始至上导师！（4）

（准备前行）

前面这座巨岩山，山顶上
笼罩着新升的乌云而幽暗，
雌孔雀发出兴奋的鸣叫声，
树上布满鸟巢，赏心悦目。（5）

还有，

这里住在山洞中的幼熊发出的
吼叫声获得回响而更雄浑悠长，
而那些被大象撞裂的娑罗吉树
散发的辛辣气味则更浓烈刺鼻。（6）

（向上观看）啊，怎么已经是中午？因为现在

田凫飞上绿叶繁茂的桂皮树，
樫鸟亲吻豆荚，又飞向水溪，
秧鸡鸟藏身树洞中，野公鸡
在树下呼应树上鸣叫的鸽子。（7）

那么，好吧！我现在要寻找青春和摩格伦德，达成我来此的目的。（下场）

插曲终。

（青春和摩格伦德上场）

摩格伦德 （忧伤叹息）

命运逆转，让我们遭逢苦难，
既不抱希望，也不放弃希望，
像野兽那样在这里无所事事，
心中迷茫，陷入愚痴黑暗。（8）

青春 天啊，亲爱的茉莉，你在哪里？奇怪啊，你怎么会突然消失，而我们不知道发生了什么事。无情的女子啊，请你开恩，出现在我的面前。

我是你心上人，为何不关心我？
此前你亲自为自己的手腕系上
可爱的婚姻结带，你满怀喜悦，
仿佛它是重大喜庆节日的化身。(9)

朋友摩格伦德，这样的爱情在世上实在难得。

她的柔嫩的肢体宛如新鲜花朵，
长期忍受炽热爱情的灼热折磨，
以致决定抛弃自己生命似草芥，
而最终还是大胆地把手交给我。(10)

还有，

你也记得她以前对我俩的姻缘
感到绝望，仿佛受到致命打击，
哀哀哭泣，排遣爱情痛苦忧伤，

而我心中的愁绪也翻腾似波浪。(11)

(激动)天啊!

痛苦撕裂我的心,却没有撕成两半,
身体虚弱而昏沉,却没有失去知觉,
体内火焰在燃烧,却没有化为灰烬,
命运打击致命处,却没有夺走生命。(12)

摩格伦德　这太阳像残酷的命运灼热难忍,你的身体又这样虚弱。因此,我们在这莲花池边坐一会儿吧!因为这里,

满池的莲花亭亭玉立,
风儿吹送夹带蜜汁的
浓郁芳香和清凉水雾,
会让你感到愉快舒适。(13)

(两人绕行,坐下)

摩格伦德　(独白)好吧,让我转移他的注意力。(高声)

朋友青春！

我在泪水涌出和流下间隙中，
看见这个水池处处光彩熠熠，
兴奋鸣叫的红嘴鹅扑腾翅膀，
一些粗茎秆白莲花随之摇曳。(14)

(青春不安，起身)

摩格伦德　怎么他毫无兴致，起身就要离开？(叹息，起身)朋友啊，请高兴一点。你看，你看！

流经树丛的河水携带蔓藤花香，
四处素馨花和茉莉花竞相绽放，
乌云为山顶上跳舞的孔雀撑起
帐篷，古吒遮花仿佛露出微笑。(15)

还有，

这些山坡上布满鲜花盛开的迦昙波树，
四面八方乌云密布而幽暗，河流两岸

有花蕾绽开的盖多迦树，树林中展现
芳香的希邻达罗树和微笑的罗陀罗花。(16)

青春 朋友，我都看见了。但是，我现在哪有心思欣赏这些山林美景？这是什么？(流泪)还能是什么？

强劲的东风携带阿周那树和沙尔遮树
浓郁花香，吹送闪耀碧玉光辉的乌云，
浸透雨水的大地散发泥土香，这样的
日子已经来到，夏季离去，雨季来临。(17)

亲爱的茉莉啊！

我现在怎能忍受看到四面八方
涌起黑似多摩罗树的大片乌云，
凉风吹来新鲜雨滴，天空出现
彩虹，回响发情的孔雀鸣叫声。(18)

(忧愁哀伤)

摩格伦德 我的朋友现在已经处在令人担忧的危险境

地。(流泪)我自己要坚强,如同金刚杵,尽力安抚他。(叹息)我们对青春几乎要失去信心。(观看,惊恐)怎么他昏过去了?(仰望天空)茉莉!茉莉!你怎么还能继续这样无情?

你一心一意爱他,不顾
亲友,跨出大胆的一步,
为何你现在毫无同情心,
这样对待无辜的心上人?(19)

怎么现在他还没有苏醒?哎呀,命运在打击我!

母亲啊,我的心儿迸裂,我的身体瓦解,
我觉得世界一片空虚,体内烈火在燃烧,
我的灵魂孤苦无助,仿佛陷入黑暗深渊,
只觉得昏昏沉沉,我这苦命人该怎么办?(20)

可怜啊可怜!

他是亲友们眼中的月光节,
他是茉莉眼中可爱的月亮,

他是摩格伦德心中的欢乐，
这世界的顶饰现在要消失。(21)

朋友青春啊！

你是涂抹我身体的檀香液，
眼中的秋月，心中的欢乐，
死神突然间夺走可爱的你，
也等于是拔去了我的命根。(22)

(触摸青春)

无情的人啊，你就露一露
微笑目光吧，回答我的话：
你一向喜欢我，怎么能够
不考虑真诚热爱你的朋友？(23)

(青春恢复知觉)

摩格伦德　(欣慰)这一片闪亮似青琉璃的乌云洒下一阵雨滴，使我可爱的朋友恢复了生命气息。幸运啊，他终于苏醒了！

青春 在这偏僻的森林中，我能找谁给我的心上人传信呢？（观察）好啊，好啊！

这条河微波荡漾，缓缓流过结满
果子的黑瞻部树丛，在河的北边，
山顶上停留着一片雨云，乌黑似
成熟的多摩罗树，形状不断变幻。（24）

（迅速起身，抬头仰望，双手合掌）

柔软的雨云啊，祝愿你的可爱夫人
闪电拥抱你，饮雨鸟热烈地欢迎你，
东风缓缓吹拂，让你感到身心愉悦，
周围展现绚丽彩虹，为你增添魅力。（25）

（倾听）啊，它发出深沉的雷鸣声，伴随满怀渴望的孔雀发出的欢叫声，向我表示同意。现在，我就请求它。尊敬的雨云啊！

你飘游世界，如果偶然见到我的爱人，

请你首先安抚她，告知她青春的境况，
你要劝她无论如何不要扯断希望之线，
因为唯有它维系这位大眼女郎的生命。(26)

(喜悦)啊，它已经出发。那么，我往别处走走。(绕行)

摩格伦德 (惊慌)怎么现在疯狂的罗睺开始攻击青春月亮[1]？父亲啊！母亲啊！尊者啊！请你们救救他！青春已经处于这样的境况！

青春 哎呀，灾难已经降临！

我的爱人显然在林中遭到
杀害，美貌分给罗陀罗花，
眼睛分给鹿儿，步姿分给
大象，身体曲线分给蔓藤。(27)

亲爱的茉莉啊！

摩格伦德

我的朋友是美德的居处，生命的主人，

① 这句的意思是青春疯了。

我与他童年一起玩沙土结下深厚友谊，
他现在与爱人分离，忍受着剧烈痛苦，
为何我这颗该诅咒的心没有碎成两半？（28）

青春 确实，造物主很容易在世界上创造相似的事物。好吧，我就设法这样做：（高声）诸位住在山林中的生物啊，我向你们致敬！请你们开恩，听一会儿我的话。

你们生活在这里，是否看见或者听说
一位高贵的少女，全身肢体天然优美；
请听她目前所处的状况：爱情在她的
心中剧烈涌动，而她的身体保持温柔。（29）

哎呀，不幸啊！

孔雀开屏跳舞，鸣叫声淹没我的话音，
杜鹃转动迷醉的眼珠走近亲爱的伴侣，
这黑脸猿猴用花粉涂抹他爱妻的脸颊，
我能请求谁？确实在这里找不到机遇。（30）

还有，

这只猿猴已经抬起爱妻的脸亲吻，
这张脸可爱似成熟而绽开的石榴，
露出的那些牙齿映有嘴唇的红色，
两侧的脸颊粉红如同迦比罗迦花。(31)

这里是一头大象，象鼻安放在爱妻肩上。我怎么会有请求的机会？

它用牙尖为闭着眼睛的爱妻挠痒，
交替拍打两只耳朵为她扇风送凉，
喂给她嚼过一半的沙罗吉树嫩芽，
显然是善于侍奉爱妻的幸福野象。(32)

(观看另一处)然而，这另一头大象，

乌云发出雷鸣时，它不随之发出低鸣声，
它也无心吃一口池边采集来的奢波罗草，
颞颥上没有液汁，蜜蜂沮丧而默默飞离，
这头大象肯定是与爱妻分离而满脸苦恼。(33)

因此，我也就不必打扰它了。这里有另一头大象。它是群象之王，喉咙发出深沉而甜蜜的声音，女伴愉快地倾听。它进入水池嬉水，颞颥流淌液汁，散发清凉的芳香，犹如迦昙波树丛盛开的鲜花芳香。它甩动象鼻，搅碎莲花，水池中飘散着莲花的花蕊、茎秆、莲藕和嫩芽。它不断拍打双耳，水浪互相碰击，水花四溅，鹦和仙鹤惊恐不安。好吧，我就与它交谈。尊贵的象王啊，你确实年轻力壮，值得称赞。你也善于取悦爱妻，但是，（带有责备的口气）

你喂给她吃拔起并折断的莲花茎秆，
也接连喂给她喝散发莲花香味的水，
还用鼻子洒水为她沐浴，确实很好，
然而你没有用莲花叶为她撑起伞盖。（34）

怎么它瞧不起我，离开了？哎呀，我简直是个傻瓜，像对待朋友摩格伦德那样对待林中动物。啊，亲爱的朋友！

可怜啊，我独自承受这苦难的生活！

可怜啊，不能与你一起享受这美景！
如果没有你陪伴，这些日子太凄惨，
其他所有一切欢乐都是虚妄的幻影！(35)

摩格伦德　啊，尽管他疯疯癫癫，神志不清，但他热爱朋友的潜意识仍然会苏醒。因此，他想起我不在他身边。(起身，走到青春面前)苦命的摩格伦德就在你身边。

青春　朋友啊，来吧，拥抱我！我对亲爱的茉莉已经失去希望。我疲惫不堪。(昏迷)

摩格伦德　(喜悦)我成了你的生命之主。(观看，哀伤)天啊，他刚才还希望我拥抱他，怎么突然就失去知觉了？现在，生命的希望已经破灭。无论如何，可以肯定我已经失去我的朋友。朋友啊！

出于友爱我始终忧心忡忡，
甚至会无缘无故颤抖不止，
为你的生命安全担惊受怕，
现在突然之间一切都了结。(36)

朋友啊，即使过去这些日子你处于悲惨的境地，我

至少还能感受你的焦虑，陪伴你。然而现在，

你离我而去，我这身体成为负担，
生命成为金刚针，四周空虚一片，
所有的感觉全都麻木，时间难熬，
生命世界的光芒熄灭，陷入黑暗。(37)

(思索)难道我还要活着目睹青春死去？好吧，我要从山顶跳入这条波吒罗婆提河，先于青春死去。(向前迈步，又停步，悲伤)可怜啊可怜！

他的光辉身体美似蓝莲花，
我无数次拥抱都不会满足，
从前茉莉的眼睛充满爱意，
用斜睨的惊喜目光吞饮它。(38)

奇妙啊，他怎么年纪轻轻，这身体就具足美德？朋友青春啊！

皎洁明亮的圆月进入罗睺之口，
密集的乌云被强劲的东风吹散，

硕果累累大树被森林大火烧毁,
你这颗世界顶珠落入死神之手。(39)

即使这样,我也要拥抱可爱的朋友。这是他当时向我提出的请求。(拥抱青春)朋友啊,你是纯洁的知识宝库,品德的导师,茉莉自主选择的生命之主。你的月亮脸带给迦曼陀吉和摩格伦德喜悦。青春啊,这是摩格伦德今生最后一次伸臂拥抱你,也是你在生命最后时刻向我提出的请求。朋友啊,现在你别指望摩格伦德还会多活一分一秒。

我俩自从出生起就共同生活,
一起喝着我们母亲奶水长大,
因此,如果你死后独自饮用
亲友祭供的水,这样不合适。(40)

(悲伤地放下青春,起身绕行)这里山下是波吒罗婆提河。圣洁的河流啊!

我可爱的朋友转生在哪里,但愿我也
转生在那里,再次成为伴随他的朋友。(41)

（摩格伦德准备从山上跳下。
绍达蜜尼上场，快速上前）

绍达蜜尼 （拉着他）孩子，不要鲁莽！

摩格伦德 （观看）你是谁？为何拦住我？

绍达蜜尼 好孩子，你是摩格伦德吧？

摩格伦德 放手！我是苦命人。

绍达蜜尼 孩子，我是瑜伽行者，带来茉莉的消息。（展示波古罗花环）

摩格伦德 （欣慰，悲悯）尊者，茉莉还活着？

绍达蜜尼 是的。可是，孩子，青春是否情况不妙？你采取这种绝望的举动，让我感到害怕。

摩格伦德 他昏迷不醒。我已经厌弃这个世界，离开他，来到这里。那么，来吧，我们赶快去他那里。

（两人快速绕行）

青春 （苏醒）啊，是谁把我唤醒？（思索）肯定是东风不顾我的处境，吹来新升的乌云的雨滴。

摩格伦德 （观看）老天保佑，我的朋友又恢复知觉了。

绍达蜜尼 （观看）他俩的形貌跟茉莉告诉我的完全一致。

青春 尊敬的东风啊！

你吹来饱含雨水的乌云，饮雨鸟喜悦，
孔雀引颈发出欢叫声，盖多迦树开花，
我满怀离愁，昏迷让我摆脱烦恼折磨，
为何你无情地让我继续感受相思之痛？(42)

摩格伦德 这风儿做好事，让一切生物恢复元气。
青春 风神啊，既然是这样，我要请求你。

请你用从我爱人所在地带来的
迦昙波树的花粉维持我的生命，
或者赐予我她的肢体的芳香和
清凉，因为你是我的最终依托。(43)

（双手合掌，俯首致敬）

绍达蜜尼 现在正是交给他爱情信物的时机。

（将波古罗花环安放在青春的双手上）

青春 （惊讶，喜悦）怎么？这是我在爱神寺庙花园里亲手编制的波古罗花环，受到我的心上人珍爱而戴在她的胸前。（仔细观察，喜悦）毫无疑问，就是这个花环，因为，

花环的这一部分编得还不够平整，
当时我看到她温柔迷人的月亮脸，
竭力掩饰心中抑制不住的好奇心，
出现慌乱，而让罗宛吉迦看笑话。（44）

（喜悦，激动）亲爱的茉莉啊，我要找到你。（仿佛生气）哎呀，你对我的境况漠不关心。

妙腰女郎啊，仿佛我的生命正在流失，
心儿崩溃，肢体燃烧，四周黑暗笼罩，
情况危急，开不得玩笑，请你给我的
双眼带来快乐，不能再这样残酷无情。（45）

（环视四方，失望）茉莉在哪里？（望着波古罗花环）波古罗花环啊，你是我爱人的亲密伴侣，有恩于我。因此，我向你表示欢迎。

亲爱的朋友，我的莲花眼女郎
心中爱情炽烈，身体灼热难忍，
而你紧贴她，就等于我拥抱她，
你是保护她的生命的唯一希望。（46）

（凝视花环，忧伤）

我怀着痛苦记得你来回
在我俩脖颈上传递爱情，
或者是带来喜悦的灼热，
或者是浓厚甜蜜的情味。（47）

（将花环戴在胸前，昏迷）

摩格伦德 （上前为他扇风）朋友啊，请放宽心，放宽心！

青春 （苏醒）摩格伦德，你从哪里突然得到这个负载茉莉爱情的波古罗花环？你认为它来自哪里？

摩格伦德 朋友，这位是尊敬的瑜伽行者，是她带来这个茉莉的爱情信物。

青春 （观看，忧伤地双手合掌）尊者，请开恩告诉我，我的心上人还活着吗？

绍达蜜尼 孩子，你放心吧，放心吧！这位吉祥女还活着。

青春和摩格伦德 （欣慰）尊者，请你说说究竟发生了什么事。

绍达蜜尼 据说在迦罗拉神庙，阿褒罗坎吒手中持剑，想要将茉莉用作祭品，结果被青春杀死。

青春 （激动）尊者，别说了，别说了。我已经知道这件事。

摩格伦德 朋友，怎么回事？

青春 朋友，还有别的可能吗？迦波罗贡吒拉实现了她的心愿。

摩格伦德 尊者，是这样吗？

绍达蜜尼 正如这孩子说的这样。

摩格伦德 可怜啊可怜！

> 秋季皎洁的月光和白莲花池，
> 互相衬托，展现可爱的魅力，
> 理应成就这样的好事，然而，
> 乌云升起，拆散这样的美景。（48）

青春 亲爱的茉莉啊，你真不幸，陷入这样的危险境地。

> 莲花眼女郎！你被迦波罗贡吒拉抓住，

就像月牙被凶煞彗星的黑烟尾巴卷住。(49)

迦波罗贡吒拉啊!

应该尊重创造主的美妙创造,
要成全好事,不要成为恶鬼,
芳香的花朵理应佩戴在头顶,
而不应该遭到棍棒无情摧残。(50)

绍达蜜尼 孩子,不要激动。

如果不是我在那里阻止她,
她确实会犯下残忍的罪孽。(51)

青春和摩格伦德 (俯首致敬)尊者是我们的大恩人。那么,请告诉我们,你怎样为我们做了这件好事。

绍达蜜尼 你们马上就会知道。(起身)

为了你们的幸福,我现在要
施展带人升空飞行的神通力,
这是我侍奉老师、修习苦行、

咒语、幻术以及瑜伽的收获。(52)

(沉思入定,带着青春下场)

摩格伦德 神奇啊,真神奇!

仿佛可怕的黑暗和光芒互相交织,
刹那间剥夺我的视觉,而后消失,(53ab)

(观察,思索)

怎么我的朋友不见了?怎么回事?
显然是女瑜伽行者施展神通威力。(53cd)

(猜疑)我现在心中起疑,这究竟是好事还是坏事?

惊吓中一时忘却发生的事,
现在惧怕新的危险而焦虑,
困惑刹那之间消失又返回,
此刻我心中感到又喜又忧。(54)

尊者迦曼陀吉和我们的朋友已经来到密林，因此，我要寻找她，告诉她这件事。

（下场）

第九幕终。

第十幕

（迦曼陀吉、罗宛吉迦和摩德衍蒂迦上场）

迦曼陀吉　（悲伤流泪）孩子茉莉啊，你为我的怀抱增添光彩，现在你在哪里？请你回答我！

自你出生以来，你的各种姿态
时时刻刻变得越来越可爱迷人，
你的话语温柔甜蜜，这些回忆
烧灼我的身体，也撕裂我的心。(1)

孩子啊！

我还记得你年幼时的莲花脸，

记得你随心所欲嬉笑和啼哭，
刚长出的乳牙闪耀花蕾光芒，
说出一些含混不清幼稚话语。(2)

罗宛吉迦和摩德衍蒂迦 （流泪）亲爱的朋友啊，你的月亮脸清澈明亮，你去了哪里？你的身体柔软似希利奢花，命运恶作剧，让你孤苦无助。你刚与公子青春结合，这生命世界的欢乐却转瞬即逝。

迦曼陀吉 （悲伤至极）孩子啊！

你俩刚刚成婚拥抱，
品尝到新鲜的情味，
却像丁香树和蔓藤，
遭到狂风暴雨打击。(3)

罗宛吉迦 （激动）心儿啊，你残酷无情，坚硬似金刚。（拍打自己的胸口）

摩德衍蒂迦 朋友，罗宛吉迦，我劝你暂时放宽心。

罗宛吉迦 朋友啊，我能怎么办？我的生命就像被金刚般坚固的黏合剂紧紧黏住，不抛弃我。

迦曼陀吉 孩子茉莉啊，你出生以来，罗宛吉迦一直是

你心爱的朋友。你怎么也不同情她？她现在悲痛欲绝，即将失去生命。因为，

她被抛弃，脸庞失去光泽而黯淡，
犹如灯芯顶端被火苗抛弃而变黑。(4)

贤女啊，你为何抛弃我迦曼陀吉？你这样太无情！你的身体在我的怀抱中发育成长。

你断奶后，脸蛋漂亮像象牙玩偶，
我教你游戏和行为规矩，培养你，
为你选定人间品德最优秀的丈夫，
因此，你应该爱我胜过你的母亲。(5)

月亮脸啊，我现在感到绝望。

命运逆转，我已无望看到
你的儿子躺在你怀中吃奶，
头顶和额头上抹有白芥末①，

① 按印度古代习俗，这些白芥末有避邪作用。

可爱的小脸无端露出微笑。(6)

罗宛吉迦　请尊者开恩。我现在无法承受这生命的重担。我要从这里的山顶跳下，求得解脱。因此，请尊者为我祝福，让我在来生见到我亲爱的朋友。

迦曼陀吉　罗宛吉迦啊，离开了这孩子，我迦曼陀吉也不想再活下去。我俩同样痛不欲生。还有，

如果种种因缘不凑巧，不能
重新相聚，那也就随它这样；
而如果抛弃生命后重新相聚，
一切烦恼痛苦也就彻底平息。(7)

罗宛吉迦　就像尊者所说的这样。

(三人一起起身)

迦曼陀吉　(露出悲悯的目光)孩子摩德衍蒂迦！

摩德衍蒂迦　尊者是不是让我带头？我已经作好准备。

罗宛吉迦　朋友，行行好吧！你别抛弃生命！你不应该忘记那个人。

摩德衍蒂迦 （仿佛生气）你别管！我不是你的女仆。

迦曼陀吉 哎呀，这可怜的孩子已经下定决心。

摩德衍蒂迦 （独白）夫主摩格伦德，我向你俯首致敬！

罗宛吉迦 尊者，这里是山顶，悬崖下面围绕圣洁的摩杜摩提河。

迦曼陀吉 那么，现在不用耽搁时间了。

（三人准备跳下，幕后传来话音）

神奇啊，真神奇！

仿佛可怕的黑暗和光芒互相交织，
刹那间剥夺我的视觉，而后消失，（8ab）

迦曼陀吉 （观看，惊喜）

怎么这孩子在这里？怎么回事？（8c）

（幕后传来话音）

显然是女瑜伽行者施展神通威力。（8d）

（幕后传来话音）

为何这里的人群惊恐慌乱？

菩利婆苏得知茉莉已去世，
心中厌弃尘世生活和生命，
来到金滴圣地，决心投火
自焚，因此我们惊恐慌乱。(9)

摩德衍蒂迦和罗宛吉迦 突然有希望见到茉莉和青春，却又突然出现灾难。

迦曼陀吉和摩格伦德 又是好消息，又是坏消息！哎呀，让人难以置信。

怎么会突然间同时降下刀刃雨和檀香雨？
为何天空无云，降下夹杂火星的甘露雨？(10)

今天，命运表现为灵丹和毒药混合，
光明和黑暗混合，雷电和月光混合。(11)

（幕后传来话音）

父亲啊，停住，停住！我渴望见到你的莲花脸。请你开恩，可怜可怜我吧！在罗迦罗迦山脉围绕的大地上，你是唯一享有纯洁声誉的家族的吉祥明灯，怎么能为了我舍弃生命？我想你是因为不能原谅我的鲁莽行为。

迦曼陀吉 哎呀，孩子茉莉啊！

你仿佛已经好不容易意外获得再生，
却又遭逢灾难，仿佛月亮遇到罗睺。(12)

其他人 啊，亲爱的朋友！

（青春扶着茉莉上场）

青春

她好不容易渡过了难关，
却又遭遇到另一个危险，
一旦厄运成熟落到头上，
有谁能够关闭命运之门？(13)

摩格伦德 （急忙走近青春）朋友，那么，那位女瑜伽行者在哪里？

青春

我俩跟随她从吉祥山
出发，飞速来到这里，
随后她听到林中人的
伤心话，便消失不见。（14）

迦曼陀吉和摩格伦德 （仰望天空，请求）尊敬的女瑜伽行者啊，请再次救救我们！你为何消失不见？

罗宛吉迦和摩德衍蒂迦 朋友茉莉，我们在叫唤你，朋友茉莉！（颤抖）尊者啊，快救救她！她呼吸停止，心脏不再跳动。大臣啊！亲爱的朋友啊！你们两个互相成为死亡的原因。

迦曼陀吉 孩子茉莉啊！

青春 我的心上人啊！

摩格伦德 可爱的朋友啊！

（所有人昏迷，随即苏醒）

迦曼陀吉 （仰望天空）怎么像是乌云被突然撕裂，降下雨水，救活我们？

青春 （欣慰）啊，茉莉恢复知觉了！因为，

随着呼吸恢复，她的心和胸脯
开始颤动，眼睛恢复往日温柔，
她的脸庞摆脱昏迷状态，犹如
清晨阳光照临，莲花恢复光彩。（15）

（幕后传来话音）

菩利婆苏不听从国王和南达纳
拜倒在他脚下劝阻，准备跳入
火堆，然而听了我说的一番话，
他顿时止步，满怀惊奇和喜悦。（16）

青春和摩格伦德 （仰望天空，喜悦）尊敬的女瑜伽行者，祝贺你！

这位女瑜伽行者拨开乌云，从空中走来，
她甘露般的话语胜过乌云降下的雨水。（17）

迦曼陀吉　她对我们太好了，太好了！

茉莉　幸运啊，我终于活过来。

迦曼陀吉　（流下喜悦的泪水）孩子茉莉，来吧！

茉莉　尊者怎么也在这里？（拜倒在她的脚下）

迦曼陀吉　（扶起茉莉，亲吻她的额头）

亲爱的孩子，你好好活着，
也让你视同生命的他活着，
用你清凉如同霜雪的肢体，
也让我和你的朋友们活着。（18）

青春　朋友摩格伦德，现在生命世界对我又显得可爱了。

摩格伦德　（喜悦）正是这样。

摩德衍蒂迦和罗宛吉迦　亲爱的朋友，拥抱我俩吧！

茉莉　啊，两位亲爱的朋友！（拥抱她俩）

迦曼陀吉　两位孩子，究竟发生了什么事？

青春和摩格伦德　尊者啊！

迦波罗贡吒拉的愤怒造成这场灾难，
是尊敬的女瑜伽行者拯救我们脱险。（19）

迦曼陀吉 怎么杀死阿窭罗坎吒会造成这样的后果?

摩德衍蒂迦和罗宛吉迦 真奇妙啊!命运虽然一再显得残酷,但最后产生这样的结果。

(绍达蜜尼上场)

绍达蜜尼 (走近)尊者迦曼陀吉,你的老弟子向你俯首致敬!

迦曼陀吉 哎呀,你是贤女绍达蜜尼!

青春和摩格伦德 怎么绍达蜜尼是尊者门下最初的弟子?现在一切都明白了!

迦曼陀吉

来吧,来吧!你是拯救很多人性命的
功德宝库!好啊,我和你是久别重逢!
你就别再俯首弯腰,拥抱我的身体吧!
深情厚谊的宝库啊,让我喜上加喜吧!(20)

还有,

你有令人称美的神通,卓越的

行为胜过菩萨，值得世界尊敬；
我俩从前结识相处播下的种子，
如今结出如此丰硕的奇妙果实。（21）

摩德衍蒂迦和罗宛吉迦 她就是高尚的绍达蜜尼？

茉莉 是的。她与尊者有师徒关系，是她斥退迦波罗贡吒拉，把我带到她的住处，就像尊者那样爱护我，安慰我。而且，她亲自将我的爱情信物波古罗花环送到这里，安抚你们的心。

摩德衍蒂迦和罗宛吉迦 这位年轻的尊者确实有恩于我们。

青春和摩格伦德 啊，真奇妙！

即使是如意珠，也要向它表达心愿，
而这位尊者，无须请求便创造奇迹！（22）

绍达蜜尼 （独白）他们对我充满善意，这样称赞我，让我感到不好意思。（高声）尊者，波德摩婆提国王满怀喜悦，当着菩利婆苏的面，给好命的孩子青春写了这封信，南达纳也表示赞同。（递上信）

迦曼陀吉 （接过信，念诵）国王的来信如下：吉祥如意！

你是优秀家族后裔，居于品德高尚者之首，
勇敢排除灾难，我对你这位女婿深表满意，
为了让你高兴，我们也把摩德衍蒂迦许配
你的可爱朋友，尽管她自己已经表达爱情。（23）

（望着青春）孩子，听到了吧！

青春　听到了！现在我的愿望全部实现。

茉莉　幸运啊，现在我心头的忧虑之箭已经拔去。

罗宛吉迦　现在，青春和茉莉的愿望圆满实现。

摩格伦德　（望着前面）怎么？阿婆罗吉达和菩陀罗吉达手舞足蹈，与迦罗杭婆一起到来。

（阿婆罗吉达、菩陀罗吉达和迦罗杭婆上场）

三个人　（手舞足蹈，走近，向迦曼陀吉俯首行礼）胜利属于一切成就的源泉尊者！（望着青春）胜利属于给茉莉带来欢乐的青春月亮！恭喜你！

（所有人面带微笑互望）

罗宛吉迦　在这样的大喜日子，有谁不兴高采烈？

迦曼陀吉 正是这样。这件事如此奇妙,可爱迷人。

绍达蜜尼 而更可爱的是菩利婆苏和提婆罗多两位大臣互相结为儿女亲家的愿望终于实现。

茉莉 (独白)这是怎么回事?

青春和摩格伦德 (好奇)尊者你说的是一件事,而她说的是另一件事。

迦曼陀吉 (独白)现在南达纳已经同意将摩德衍蒂迦交给我们,因此,我们可以打消一切疑虑。(高声)两位孩子啊,我俩说的确实是一回事。因为当初在学生时期,这两位大臣当着我的面,绍达蜜尼也在场,立誓结为儿女亲家。

茉莉 啊,这是隐藏的秘密。

青春和摩格伦德 奇妙啊!这个隐藏的伟大计划终于获得圆满成功。

迦曼陀吉 孩子啊!

依靠我的好心安排和两位弟子的辛苦操办,
你们两个好命的孩子终于实现自己的心愿,
你的可爱的朋友也终于与心上人结成姻缘,
国王和南达纳也满意,请说还有什么心愿?(24)

青春 （喜悦，俯首致敬）尊者啊，我还会有什么别的心愿？即使如此，我仍要依靠尊者的恩惠，祝愿

行善的善人永远挫败各种罪恶，
国王任何时候都依法保护大地，
乌云永远及时向大地降下雨水，
世上的亲朋好友永远快乐幸福！(25)

（全体下场）

第十幕终。

《茉莉和青春》全剧终。

附录

FULU

《茉莉和青春》素材来源

前面的前言中提到“这部戏剧的基本素材源自印度古代世俗故事集《故事海》第十三卷《摩蒂罗婆提》中的故事，并吸收了《故事海》中其他故事的某些素材”。这里所说的《故事海》(*Kathāsarītsāgara*)实际是指印度古代俗语故事集《伟大的故事》(*Bṛhatkathā*，或译《故事广记》)。这部俗语故事集现已失传，成书年代难以确定。但它最晚也产生于7世纪前，因为7世纪檀丁的诗学著作《诗镜》将《伟大的故事》归入散文体故事，并说“用鬼语(即毕舍遮语)写成的《伟大的故事》内容奇异”。7世纪古典梵语小说家波那也在《戒日王传》的序诗中称赞：“《伟大的故事》点燃爱情，犹如湿婆大神的游戏，取悦高利女神，谁听了会不惊奇?”而《故事海》是《伟大的故事》的梵语改写本，产生于12世纪。这也说明《伟大的故事》至晚在12世纪仍然存在。那么,生活在7—8世纪的薄婆菩提,应该熟悉这部当时享有盛名的故事集。而且,《伟大的故事》的梵语改写者月天(Somadeva)在《故事海》开首的《故事缘起》中提到:“本书从头至尾忠于原著,绝不窜改,仅仅为了紧缩原著的庞大篇幅,才更动语言。”[①]由此可知《故事海》中的故事内容与《伟大的故事》是基本一致的,并且可以依据《故事海》中的故事说明《茉莉和青春》的素材来源。

《故事海》第十三卷的故事《摩蒂罗婆提》,描写两对青年的恋爱故事,情节基本框架与《茉莉和青春》相似。故事讲述一个婆罗门青年与刹帝利少女摩蒂罗婆提相爱。而摩蒂罗婆提的父亲却将女儿许配给了一个刹帝利青年。在摩蒂罗婆提的成婚之日,这个婆罗门青年准备在神庙前的榕树上上吊自尽,被另一个婆罗门青年救下。在后者的建议下,他俩藏在神庙里。摩蒂罗婆提在举行婚礼前,来到神庙敬拜爱神,祈求来世能与心上人结合,然后准备上吊自尽。这时,那个婆罗门青年上前救下她。另一个婆罗门青年鼓励他俩逃往他乡,自主结婚。而他本人穿上摩蒂罗婆提的婚装,假扮新娘,代她

① 参阅黄宝生等译《故事海选》,第2页,人民文学出版社,2001年。

去完婚。当晚,他在等候举行婚礼仪式时,巧遇另一位刹帝利少女。他曾在一次疯象乱窜的危急时刻救护这位刹帝利少女,此后两人失散,互相思恋。而这位刹帝利少女恰好是摩蒂罗婆提的女友,这时前来与摩蒂罗婆提话别。于是,他俩重逢,连夜出逃,自主结婚。

《故事海》第三卷第四章中有个故事,讲述一个勇敢的婆罗门青年,名叫维杜舍迦。一天夜里,他在坟场的神庙中发现一个妖巫准备杀死劫持来的优禅尼城公主,祭供难近母女神,便立即持剑冲上前去,杀死妖巫,救出公主。公主爱上了这个青年,最后国王同意将公主嫁给这个青年。这个情节与青春在神庙中杀死妖巫,救下茉莉相似。

《故事海》第五卷第二章中有个故事,讲述一个勇敢的婆罗门青年,名叫阿输迦达多。在他的冒险经历中,有一天夜晚他来到坟场,背着死尸,高喊"卖人肉,卖人肉",试图以此吸引女妖,向她求取一个王后想要的珍珠脚镯。这个情节因素与青春进入坟场叫卖人肉相似。

以上三个故事中,《维杜舍迦》这个故事可以参阅汉译本《故事海选》[①]。下面译出《摩蒂罗婆提》和《阿输

① 参阅黄宝生等译《故事海选》,第 121—124 页,同上。

迦达多》这两个故事，供读者参考。梵语原文依据夏斯特里（J. Shastri）编订本（*Kathāsarītsāgara*，Motilal Banarsidass，Delhi，2008）。

摩蒂罗婆提

湿婆大神在黄昏时分跳起刚烈的舞蹈，
全世界随之起伏摇晃，愿他保护你们！

湿婆额头第三只眼涂有高利女神[①]脚上的
红颜料，愿他闪耀的眼光带给你们快乐！

我们赞颂化身为美妙语言的娑罗私婆蒂[②]，
我们赞颂那些停留在诗王心湖上的蜜蜂。

犊子王之子那罗婆诃那达多忍受着与摩陀那曼朱迦分离的忧愁折磨，在摩罗耶山坡及其周边森林中游

① 高利女神（gaurī）是大神湿婆的妻子。
② 娑罗私婆蒂（sarasvatī）是大神梵天的妻子，被称为语言女神。

荡。尽管春色迷人,但他毫不喜悦。蜜蜂[①]飞临柔嫩的芒果树花簇,犹如爱神挽弓用花箭射穿他的心窝。杜鹃的鸣叫声虽然甜蜜,但他听来觉得刺耳,犹如摩罗[②]发出的粗鲁斥责声。摩罗耶山风虽然清凉,但夹带的金色花粉飘落,仿佛爱欲之火烧灼他的身体。他仿佛害怕这些蜜蜂嘤嘤嗡嗡的丛林,离开这里。

他在不知不觉中,由神灵带路,沿着通向恒河的道路,渐渐到达丛林附近的湖岸。他看见两个英俊的婆罗门青年坐在一棵树下,轻松愉快地交谈。他俩看到他,以为他是爱神,起身俯首弯腰,说道:"向尊敬的爱神致敬!你为何没有携带花弓,独自在这里游荡?你的夫人罗蒂在哪里?"

犊子王之子听后,回答说:"两位婆罗门,我不是爱神,而是凡人,但我确实失去了罗蒂[③]。"这位王子说明自己的情况后,询问两位婆罗门:"你们两位是谁?在这里交谈什么?"于是,其中一位婆罗门青年谦恭地说道:"在像你这样尊贵的王子面前,我们怎么能说出自己的

① 此处"蜜蜂"的用词是 śilīmukha,也读作"箭",是双关语。
② 摩罗(māra)是佛教传说中的恶魔。
③ 此处以罗蒂暗喻自己的妻子摩陀那曼朱迦。而"罗蒂"的原词是 rati,也读作"欢乐",在这里也是双关语。

秘密？即使这样，我听从王子的吩咐，告诉你。请听！”

羯陵伽地区有座城市名叫索跋婆提。创造主创造这座城市，不让恶神迦利[1]进入，不让恶人横行，也不让外敌入侵。在这座城市里，有一位聪明和富裕的婆罗门，名叫耶娑迦罗，经常举行祭祀，妻子名叫梅佉拉。我是他俩的独生子。他俩抚育我长大，到了上学年龄，给我佩戴圣线。

而我在跟随老师学习期间，这里发生旱灾，出现饥荒。于是，父亲带着我，还有家里的钱财和仆从，移居维夏拉城。在这座城市里，吉祥女神和娑罗私婆蒂女神[2]互相摆脱敌意。父亲的一位商人朋友提供住宅，我们便定居在那里。我住在老师家中，与同龄的学生们一起学习知识。

在这些同学中，我有一位朋友，名叫胜军，出身富裕的刹帝利家族，品德优秀。一天，这位朋友的妹妹，名叫摩蒂罗婆提，与他一起来到我们的老师家中。我感到她

① 按印度神话，世界从产生到毁灭经历四个时代，即圆满时代、三分时代、二分时代和迦利时代，正法在每个时代依次减少，因此迦利时代是世界走向毁灭的时代。

② 吉祥女神是大神毗湿奴的妻子，也称为财富女神。她和娑罗私婆蒂女神互相摆脱敌意，意思是说在这座城市里，财富和学问不会有矛盾冲突。

是创造主创造的月亮，脸庞可爱迷人，看似充满甘露。我觉得如果爱神看见她，也会觉得她是胜过自己五支花箭的第六支迷惑世界的花箭。这样，我看到她，并听朋友告诉我她的名字和出身，顿时被爱神征服，迷上她。而她也以温柔的斜睨目光回望我，两侧脸颊竖起的汗毛也说明她爱情萌发。她假装喜爱游戏，停留了很久时间才回家，她从眼角向我投来目光，传递爱的信息。

我怀着与她分离的忧愁，回到家里后，倒在地上，像被抛在地面的鱼儿那样翻滚不停。我心中思忖："我要再次见到她。想必她会带着微笑望着她的女友们，无拘无束交谈，这些女友确实是幸运的。"就这样，我好不容易度过一日一夜，第二天回到老师家中。

在老师家中，我的朋友胜军与我推心置腹交谈，告诉我说："我的母亲从我妹妹口中得知我有你这样一位好朋友，心中充满喜悦，希望见到你。如果你关心我，就和我一起去我们家，用你莲花脚上的尘土装饰我们家。"听了他的话，我顿时心情舒畅，仿佛旅行者在沙漠途中意外遇到一场大雨。我立即答应说："好吧！"我到了他们家，见到他的母亲，受到热情招待。我也见到了我的心上人，欣喜不已。

然后，胜军受父亲召唤，离我而去。随即，摩蒂罗婆提的奶姐妹前来，谦恭地对我说道："公子，我家小姐摩蒂罗婆提在花园里种植了一株茉莉蔓藤，伴随春天来临，已经开花，仿佛愉快地展露灿烂的笑容。小姐今天不顾花朵上萦绕的蜜蜂，亲自采集花蕾，编制这个花环，仿佛用珍珠串成的项链，作为送给相识的老朋友的新礼物。"这位机灵的奶姐妹这样说着，把花环交给我，还连带送给我樟脑、槟榔叶和五个果子。

我把心爱的人亲自编制的花环戴在脖颈上，感受到胜过种种拥抱的快乐。我把槟榔叶含在嘴中，对这位奶姐妹说道："贤女啊，我还能说什么？我心中的爱情这样炽热，如果我能接近你的女友，我甚至可以舍弃生命。我认为这是生命结出果实，因为她是我的生命之主。"说罢，我向她告辞，与此刻回来的胜军一起，回到老师家中。

第二天，胜军带着摩蒂罗婆提来到我家，我的父母见了很高兴。从这天开始，我和摩蒂罗婆提之间的爱情暗中与日俱增。一天，摩蒂罗婆提的女仆前来悄悄对我说："公子，请听我说。听了之后，要把我的话记在心头。自从摩蒂罗婆提在老师家中见到你后，她不思饮食，不梳洗打扮，无心歌唱，不喜欢与鹦鹉逗乐玩耍。她用芭蕉叶扇风，用湿润的檀香膏抹身。月光虽然清凉似霜雪，却烧灼她的身体。她日益消瘦，宛如黑半月的一弯月牙。唯一能使她感到快慰的是谈论你。这是我的女儿告诉我的。我的女儿侍奉她，一刻不离，如影相随，知道她的一切情况。而经我询问，摩蒂罗婆提也跟我说贴心话，说她已经把自己交给你。因此，贤士啊，如果你想要让她活下去，就应该设法实现她的心愿。”这些甘露般的话语让我满怀喜悦，我回答说：“我拜托你，我现在完全听从你的安排。”她听后，高兴地返回。我也信任她，满怀希望，轻松愉快地回家。

不料，第二天，有一位刹帝利青年从优禅尼城来到这里，向摩蒂罗婆提的父亲求娶她。她的父亲答应把女儿嫁给他。我从她的侍从口中得知这个可怕的消息，仿佛遭到来自天国的金刚杵打击，又仿佛遭到恶魔劫持，久久惶恐不安。我让自己平静下来后，思忖道：“我现在何必惊慌失措，只有镇定自若的人才能实现愿望。”

这样，我抱着希望度过好些天。她的朋友也来告诉我她的情况，安慰我。然而，她的结婚日子已经确定，婚礼喜庆日到来。她被父亲关在家里，不能自由进出。新郎的迎亲队伍敲锣打鼓，正在走来。见此情况，我陷入绝望，觉得自己的命运太悲惨，死去要比分离更舒服。于是，我前往郊外，在一棵榕树上系上套索。然后，我将套索套上头颈，同时抛弃我的生命和对她的渴望。

但在刹那之后，我发现自己没有死去，失去的知觉又恢复了。有一位婆罗门青年割断套索，我倒在他的怀中。我想是他救了我，便对他说："大士啊，你看来慈悲为怀，但我受离愁折磨，宁可死去，也不愿活着。对我来说，月亮像火焰，食物像毒药，歌声像刺耳的针尖，花园像牢狱，花环像毒箭，檀香膏像火炭雨。朋友啊，请告诉我，像我这样满怀离愁的苦命人，活在这个颠倒混乱的世界上，还有什么乐趣？"

然后，在他的询问下，我向这位在逆境中遇到的朋友详细讲述我和摩蒂罗婆提的恋情。这位善人听后对我说："你这么聪明，怎么犯糊涂？一个人抛弃生命，怎么还能获得渴望的果实？你就听我告诉你我的情况吧！"

在雪山，有个名叫尼奢陀的地区。这里是迦利遭到驱逐的正法庇护地、真理诞生地、圆满时代之家。这里的人们不知满足地学习经典，而非积聚财富。他们满足于自己的妻子，而对帮助他人不知满足。我是一位富有美德和学问的婆罗门的儿子。我出于对其他地区的好奇，离家出走。朋友啊，我到处游荡，拜访各地的老师，渐渐来到离这里不远的商佉城。那里有一座属于商佉王的圣洁的大湖，湖水清澈。

我住在那里的老师家中。有一天，我在沐浴节前去观看商佉湖。湖岸边拥满来自各地的人们，如同围在乳海四周搅动乳海的天神和阿修罗。我看到妇女们的花冠从披散的发髻滑落，波浪之手触摸她们的腰部和胸脯，拥抱她们而洗去她们身上涂抹的浅黄檀香膏，为这个大湖增添美色，仿佛成为她们的情人。

然后，我来到大湖的南岸，看到一个丛林，犹如被湿婆第三只眼喷出的火焰烧毁的爱神，多摩罗树如同浓烟，金苏迦树花朵如同火炭，绽放的无忧树花朵如同火焰。在那里，我看见有一位少女在阿底目多迦蔓藤凉亭入口处采花。她的优美的斜睨目光仿佛受到戴在耳朵上的蓝莲花威胁①。她的手臂向上伸展而凸显一侧的胸脯。披散的头发挂在背后，仿佛是浓密的黑暗躲避她的月亮脸。我觉得肯定是创造主亲自按照创造兰跋等天女的方式创造了她，然而，她的眼睛眨动，表明她是凡人②。

我一看到这位鹿眼女郎，她就像摩罗迷惑三界的月牙箭穿透我的心。而她一看到我，也立即被爱神制伏。她面露可爱的微笑，停止采花，珍珠项链中间的红宝石闪耀光芒，仿佛是控制不住的爱情突破心房射出。她一

---

① 这句的意思是她的优美目光胜过蓝莲花的光艳。
② 按印度神话，天神不眨眼睛。

再转动身子观看我，眼睛因目光停留在眼角而格外可爱。

正当我俩站着互相观看时，突然响起人们纷纷逃跑的呼叫声。我看到一头大象闻到野象的气味，挣脱锁链，掀倒驭象者，象钩悬在耳边晃荡，疯狂奔跑。我看到这位少女惊恐万状，身边的侍从已经逃散。于是，我立即冲上前去，将她搂在自己怀中，带她跑到人群中。她平静下来后，侍从们也回到她的身边。而就在这时，大象受到人们的呼叫声吸引，向这边冲来。出于恐惧，人们争相逃跑，她也消失在人群中，被侍从们带往某处，而我走向了另一处。

最后，大象引起的这场惊慌平息，我四处寻找这位妙腰女郎，但没有找到她。我也不知道她的名字、出身和住处。我四处游荡，心中空虚迷茫，就像持明神[1]失去了幻力。我步履艰难地回到老师家中。我既像昏迷过去，又像精神崩溃，回想拥抱她的快乐，唯恐从此失去她的爱。

渐渐地，我在想象中倚在她的怀中，受到这位高贵女子自发的爱怜和安抚，看到一线希望。而杳无音讯折磨我的心，我头痛越来越严重。我的坚定随同每天的时

① 持明神（vidyādhara）是一类小神。

光流失，我的脸庞随同夜晚的莲花收缩。太阳落山，我与一对对分离的轮鸟一起怀抱重新团聚的希望。爱神的好友月亮升起，装饰东方，饱人眼福。它的一道道光芒如同甘露，而对我则如同燃烧的手指。它虽然照亮四方，却像黑暗笼罩我的生命希望。

我的一位同学看到我痛苦不堪，仿佛将自己的身体投入月光的火焰中，渴望死去，便对我说："你为何这样痛苦？你看来并没有生病。如果你为财富和爱情痛苦烦恼，那么我告诉你，出于贪婪，通过欺骗他人或掠夺他人而获得的财富不可能持久。财富的毒树以罪恶为树根，结出许多罪恶的果实，很快就会被这些沉重的罪恶果实压垮。若在今生为获取财富费尽心机，则死后堕入地狱，遭受严酷的痛苦折磨，解脱遥遥无期。至于爱情，不能达到目的，失去它如同失去生命。而不合法的爱情虽然表面上可爱，却是地狱之火的前兆。然而，前生积累善业的人，富有智慧，意志坚定，充满勇气，则能如愿获得财富和爱情，不会像你这样懦弱无能。贤友啊，振作精神，努力争取实现自己的愿望吧！"

听了这位朋友的话，我没有回答什么。我隐藏自己的愿望，内心渐渐坚定，度过夜晚。我来到这里，是猜想她会不会住在这座城市。而我在这里看见你把套索套上脖颈，便急忙救下你。我听你讲述你的痛苦，我也向你讲述自己的痛苦。

朋友啊，我甚至不知道她的名字，仍依靠勇气追寻这位美女。而摩蒂罗婆提就在你的眼前，你为何丧失勇气，像个懦夫？你难道没有听说鲁格蜜尼的情况，即使她被许配车底王童护，毗湿奴不是照样把她抢了回来？

我的这位朋友对我说了这些话。这时，摩蒂罗婆提在侍从们陪同下，前面有乐队奏乐，来到这里的母亲神庙敬拜爱神。我对这位朋友说："这里的少女在结婚这天都要来这里敬拜爱神，因此，我选择在神庙前面这棵榕树上上吊自尽，希望她能看到我为她殉情而死。"我的这位勇敢的朋友听后，对我说："那么，我们赶快溜进这座神庙，躲在母亲女神像后面，看看我们能找到什么办法。"于是，我听从他的话，与他一起躲藏在神庙里。然后，在吉祥的结婚乐曲引导下，摩蒂罗婆提缓缓走来，进入神庙。而她把所有男女侍从挡在外面，说道："你们都留在外面，我想要单独向爱神祈求恩惠。"这样，她独自在神庙里敬拜爱神后，祈求道："爱神啊，你号称是'心生'[①]，怎

① "心生"（manobhava）是爱神的称号，意思是"产生于思想"。

么你会不知道我心中所爱之人，让我失望，伤害我？如果你今生不能赐予我恩惠，那么，恳求你来世怜悯我。罗蒂的丈夫啊，希望你开恩，保证那位英俊的婆罗门青年来世成为我的丈夫。”

我俩听到她说这些话，随即看到她用上衣打结成套索，系在吊钩上，套上自己的脖颈。我的朋友对我说：“你赶快出现在她的面前，取下她脖颈上的套索。”于是，我迅速上前，取下这位美女脖颈上的套索，怀着极度的喜悦，以急促的话语对她说：“亲爱的，不要鲁莽！你看，你面前是你用生命买下的奴仆。你在绝望的痛苦时刻说出的话语表明你对他的真心挚爱。”她站着凝视我，一时间显得既惊恐，又喜悦。

然后，我的这位朋友跑上前来，对我说：“现在白天结束，夜色朦胧，我穿上摩蒂罗婆提的婚装，与她的侍从们一起离去。你让这位新娘穿上我的外衣，带她从另一个门出去。在这黑夜中，你们不会被人察觉，去你们愿意去的地方。你不必为我担心，命运会保佑我吉祥平安。”说罢，我的这位朋友穿上摩蒂罗婆提的婚装，走出神庙，在她的侍从们围绕下，离开这里。

而我带着犹如无价宝石项链的摩蒂罗婆提从另一个门溜出神庙，在夜里走了一由旬路，早晨进食后，继续行路。几天后，我和情人到达阿遮罗城。在那里，我结识一位婆罗门朋友，他赐予我一座房屋。于是，我很快与摩蒂罗婆提结婚。

这样，我实现愿望，愉快地住在这里。我唯一挂念的是我的这位朋友不知后来情况怎样。随后，在夏至这天，我来到这里恒河沐浴，意外地遇见这位朋友。我仿佛迷惑不解地久久拥抱他，然后坐下，询问他的情况。就在我俩交谈时，尊贵的王子啊，你来到这里。王子啊，你要知道，我身边的这位婆罗门是我的患难之交，赐予我生命和妻子。

这位婆罗门青年讲完自己的经历后，那罗婆诃那达多对另一位婆罗门青年说道："我感到很满意。现在，请你说说，你是怎样摆脱那场危险的？因为像你这样为朋友不顾自己性命的人，实在难得。"听了王子的话，这另一位婆罗门青年开始讲述自己的经历。

那天，我穿着摩蒂罗婆提的婚装，走出神庙。那些侍从以为我是摩蒂罗婆提，围绕我，让我坐上花轿。他们带着醉意，边歌边舞，把我带到苏摩达多的豪华住宅。住宅内，这里是成堆的华贵衣服，那里是成堆的装饰品；

这里是各种煮熟的精致食品，那里是布置好的祭坛；这里是成群的歌舞伎，那里是成群的演员。许多婆罗门等待吉祥时刻来临。一些喝得醉醺醺的侍从把我带进一个房间，让我坐下，给我蒙上面纱，以为我是新娘。我坐在那里，一些女仆围绕身旁，怀着婚庆日的喜悦，忙忙碌碌做着各种事。

忽然间，我听到门口传来腰带和脚镯的铃铛声，一位少女在侍女们陪同下，进入房间。她像雌蛇头顶上的珠宝①那样闪闪发光，上衣洁白似蛇肚皮，佩戴珍珠项链，全身犹如海浪充满美②。她还佩戴美丽的花环，手臂似蔓藤，手指似花蕾，光彩熠熠，犹如花园女神显身。她进来后，坐在我的身边，以为我是她的女友。而我一看到她，马上认出她是偷走我的心的人。当时我在商佉湖看见她来到那里沐浴，保护她免遭大象的攻击，而在混乱中，她从我的视线中消失。我喜出望外，心想："怎么会有这样的巧遇？这是梦幻，还是真实？"

随即，摩蒂罗婆提的女友们询问她说："小姐，你为何显得这样愁眉苦脸？"她听后，隐藏心中的真实想法，回答说："你们怎么不知道摩蒂罗婆提是我的至亲至爱

① 按照梵语文学中的习惯描写，蛇冠上有珠宝。
② 此处"美"的原词是 lāvaṇa，也读作"盐"，是双关语。

的朋友？她举行婚礼后，就要去夫婿家。我不能忍受与她分离而痛苦忧伤，因此，你们都离开这个房间，好让我跟摩蒂罗婆提待在一起，说一会儿知心话。”

侍女们离开后，她亲自闩上房门，然后坐下，以为我是她的女友摩蒂罗婆提，开口对我说道：“摩蒂罗婆提啊，没有比你的这种痛苦更大的痛苦了。你爱一个如同自己生命的人，却被父亲许配给另一个人。但是，你与你的心上人有过交往，认识他，仍有机会见到他或与他相会。而我的痛苦无可救药。你是我唯一的知心朋友，因此，我要讲给你听：

“在一个节日，我去商佉湖沐浴，排遣我不久便会与你分离的忧愁。在那里的花园里，我看到一位英俊的婆罗门青年，犹如白天从空中降下的月亮，又如金光闪闪的系象柱。他的新近长出的胡子犹如停在莲花脸上的一排蜜蜂。我心想：‘那些森林中牟尼的女儿没有见到这个青年，才能坚持艰难的苦行。不知她们的苦行会获得什么成果？’就在我这么思忖时，爱神的花箭射中我的心，以致我感到害羞和害怕。

“随后，我斜睨的目光看到他也望着我。就在这时，一头疯象挣脱系象柱，突然冲向前来。这位青年看到我惊慌失措，身边的侍从都已逃散，便奔跑过来，将我搂在他的怀中，带我跑了一长段路，到达人群中间。朋友啊，当时我接触到他的身体，浑身愉快，仿佛淹没在甘露中，不知道什么是大象、什么是恐惧，也不知道我是谁、在哪里。然后，侍从们回到我的身边。这时，那头大象又向这边冲来，仿佛是'分离'的化身。侍从们在恐慌中带着我逃跑，回到家中。就这样，在这场骚乱中，我不知道我心爱的人去了哪里。

"从那时起，我想念这位不知姓名的救命恩人，仿佛有人夺走了我到手的珍宝。我整夜哭泣，像雌轮鸟那样哀鸣，盼望能入睡，在梦中见到他，忘却一切痛苦。朋友啊，我处在这种无可救药的痛苦中，唯有见到你，才能暂时得到排遣，而你现在就要离去。这样，摩蒂罗婆提啊，我的死期已经临近，因此，我现在来见你，感受最后的快乐。"

她的这些话，我听了仿佛甘露灌耳。她的月亮脸上挂着混合着眼膏的泪珠。她站起身，揭开我的面纱，观看我。她认出是我，顿时既惊喜，又害怕。于是，我对她说："姑娘啊，别惊慌，在你面前的就是我。命运总是安排种种不可思议的巧合。我也是为了你，忍受着难以忍受的痛苦。这一切正是命运的安排。以后我会详细告诉你，现在不是交谈的时候。亲爱的，你现在要想个让我们逃出去的办法。"

这个少女听后，当机立断，说道："我们从这里的后门出去，外面就是我的高贵的刹帝利父亲的花园。然后，从那里我们去往其他任何地方。"说罢，她收起身上的装饰品。我和她一起按照她的路线出走。出于害怕被发现，我俩一夜之间快速走了很远的路，清晨到达一座大森林。

在那荒无人烟的森林中，我俩继续缓缓行走。我通过与她交谈安抚她。到了中午，太阳犹如暴君，以炙热的光芒烧灼大地，没有可供庇护处。这时，我心爱的人疲惫不堪，焦渴难忍。我好不容易把她带到一处树荫下，然后，我用衣服为她扇风。这时，我突然看见一头受伤的野牛向这里跑来，随即看见一个骑马持弓的人追来。他的模样显然表明他是一位勇士。这位勇士用一支箭射中那头野牛，犹如因陀罗用金刚杵击倒一座山峰。

这时，他看见我俩，走近过来，亲切地问道："你是谁？她又是谁？你俩从哪里来到这里？"于是，我向他展示我的婆罗门圣线，半真半假地回答他说："我是婆罗门，她是我的妻子。我俩来外地办事，与我们结伴而行的商队在途中遭到强盗劫持。这样，我俩失去他们，也迷了路，进入这座大森林。在这里遇见你，终于可以放下心来。"

他听了我的话，出于对我这位婆罗门的同情，对我说："我是这里林中人的首领，来这里狩猎。你俩旅途劳累，来到这里就是我的客人。我的住处离这里不远，我请你俩上我家休息吧。"说罢，他让我的疲惫的心上人骑上他的马，自己和我一起步行，前往他的家。到了他的家，他用各种食物招待我俩，仿佛我俩是他的亲戚。确实，无论在哪里，即使在这荒僻的地方，也会遇上热心肠的善人。

然后，他派遣侍从带我俩走出那座森林。我俩到达国王封给婆罗门的一个村庄。我就在那里与她结婚。随后，我俩在各地游荡，遇见一个商队。今天，我来到恒河沐浴。在这里，我遇到我的这位朋友，又遇到你这位尊贵的王子。王子啊，这便是我的经历。

他说完后，王子那罗婆诃那达多高度赞扬这位婆罗门，说他实现自己的愿望实在是对他的高尚品德最合适的回报。就在这时，戈目佉等大臣四处游荡许久，寻找王子，终于在这里找到他。他们拜倒在那罗婆诃那达多脚下，脸上挂满喜悦的泪水。王子也依照礼节，恭敬地欢迎这些大臣。随后，他带着这两位巧妙地实现愿望的婆罗门青年，在大臣们和罗利多罗遮那陪同下，返回自己的城市。

阿输迦达多

婆罗门戈温德斯瓦明接受邀请，住在波罗奈城富有的大商人家里。在那里，他的大儿子阿输迦达多长成青年，学习知识，练习搏斗，渐渐成为一个优秀的摔跤手。一次，在举行游行的宗教节日，摔跤手进行集会比赛。从南方来了一位著名的大摔跤手，他在波罗奈城国王波罗多波摩古吒面前，战胜了所有摔跤手。于是，国王派人从富商家里带来阿输迦达多，吩咐他与那个摔跤手比赛。那个摔跤手拍打手臂，开始搏斗。阿输迦达多也拍打手臂，迅即将那个摔跤手摔倒在地。随着那个摔跤手倒地的响声，摔跤场上响起一片喝彩声。国王高兴满意，赏赐阿输迦达多许多珠宝。国王目睹他的勇武，决定让他担任自己的近侍。他受到国王的宠爱，日益富贵。因为对于勇士，赏识才能的国王会成为财库。

后来，在一个黑半月的第十四日，国王出城前往远处一个城市祭拜湿婆大神。祭拜完毕，夜晚返程中途经坟场，那里传来话音："这里的法官对我怀有恶意，私下判我死刑。我被钉在尖桩上已有三天，王上啊，可是生命至今没有离我而去。我焦渴难忍，请给我水喝。"国王听后，出于怜悯，吩咐身边的阿输迦达多："你派人给他送水去吧！"阿输迦达多说道："在这夜晚，有谁能去送水？我就亲自去送吧。"说罢，他取水送去。

国王返回自己的城市。这位勇士进入坟场，仿佛进入黑夜的宫殿，里面漆黑一片，到处是豺狼撒落的人肉，火葬堆上的火焰如同灯光照亮各处，僵尸鬼们愉快地奏响乐器。他高声问道："谁向国王讨水喝？"一处传来话音："是我讨水喝。"他循声来到一个火葬堆旁，看到一个被钉在尖桩上的人。同时，他看到尖桩下面有位妇女在哭泣。这位妇女盛装严饰，全身优美。月亮在黑半月失去光辉，而这位妇女犹如黑夜装饰有月光而可爱。

他询问这位妇女："你是谁？为何在这里哭泣？"这位妇女回答说："我这苦命人是钉在尖桩上的这个人的妻子。我等在这里，决心与他一起登上火葬堆。我等待他的生命离去，到现在已经第三天，而他的生命还没有离去。他一再要求喝水。我取来水，但是这尖桩很高，我够不着他的嘴。”这位勇士听后，对这位妇女说道：“这是国王派我送来的水。你就踩在我的背上，把水送到他的嘴里。在这危急关头，妇女接触他人不算过错。”

这个妇女听后，说道：“好吧。”她接过水，双脚踩在这位勇士背上。立刻，血滴滴到地上和他的背上。他抬头看见这个妇女正在用刀一片片割下那个钉在尖桩上的人的肉，送进嘴里。他这才发现这个妇女原来是女妖，愤怒地拽住她，抓住她佩戴脚镯的双脚，准备把她摔倒在地。而这个女妖施展幻力，双脚猛烈挣脱，迅速飞上天空，消失不见。

她逃脱后，脚上的一只珍珠脚镯脱落在阿输迦达多手中。他回想这个女妖开始呈现温柔模样，然后作恶，最终露出凶相，现在已经消失。他望着这只神奇的脚镯，又惊讶，又悲哀，又高兴。然后，他离开坟场，带着这只脚镯，回到自己家中。早晨，他沐浴后前往王宫。

国王问道：“你去给那个被钉在尖桩上的人送水了吗？”他回答说：“去了。”随即，他将那只脚镯交给国王。国王随便问道：“哪里来的？”他向国王讲述了自己昨天夜里在坟场的可怕奇遇。国王确认他具有非凡的勇气，本来就赏识他的杰出才干，现在对他更为满意。国王收下这只脚镯后，亲自送去交给王后，并高兴地向王后讲述这只脚镯的来历。

王后听后，望着这只神奇的珍珠脚镯，内心喜悦，对阿输迦达多赞不绝口。于是，国王对王后说道："王后啊，无论出身、学问、忠诚和容貌，他都称得上是伟人中的伟人。我想如果阿输迦达多能成为我们的女儿喜痕的丈夫，会是一件好事。新郎具有这样的美德，幸运也就永远不会离去。因此，我要把女儿嫁给这位勇士。"

王后听了丈夫的话，衷心表示赞成，说道："很好，这个青年与我们的女儿很般配。她在春天花园里看到他，就一见钟情。她天天若有所失，耳朵和眼睛成了摆设，既不听，也不看。我从她的女友那里得知这个情况，焦虑不安，彻夜未眠，直至天亮前，我梦见一位天女对我说：'你不要将女儿喜痕嫁给其他人。她在前生就是阿输迦达多的妻子。'我醒来后，一早就去安慰了女儿。现在，夫君亲口向我提出这门亲事，那就让她与这个青年结合吧，如同蔓藤依附大树。"国王听到可爱的妻子这样说，十分高兴。于是，他选定喜庆日，召来阿输迦达多，将女儿嫁给他。国王的女儿和婆罗门的儿子结合，犹如财富和谦恭结合，互相增辉。

此后有一天，王后对国王说："夫君，这脚镯可惜只有一只，应该照原样再制造一只。"国王听后，吩咐金匠们说："照这只脚镯的样子再制造一只一样的脚镯。"他们仔细看过后，回答说："王上，我们无法制造另一只这样的脚镯，因为它不是人类的手艺，而是天国的造物。大地上没有这样的珠宝。因此，只能让得到这只脚镯的人再去寻找另一只。"

国王和王后听后，顿时神情沮丧。而站在一旁的阿输迦达多见此情状，立即说道："那就让我去取来第二只脚镯。"他许下这个诺言，而国王担心害怕，出于好意劝阻他。然而他不肯改变决定，他拿着这只脚镯，再次前往坟场。

在黑半月的第十四夜，他到达那里。他进入坟场，那里充满罗刹，如同那些被火葬堆浓烟熏黑的树木。那些树上吊着套在套索中的死尸。他没有发现之前见到的那个妇女。为了得到另一只脚镯，他想了一个出售人肉的办法。他从树上的套索中取下一具死尸，背在肩上，叫喊道："卖人肉，卖人肉！"立刻，他听见远处有个妇女招呼道："大勇士啊，带着人肉跟我来吧！"于是，他跟随这个妇女来到一棵树下，看见一个仙女模样的妇女。她坐在座位上，珠光宝气，身边围绕许多妇女。这简直不可思议，仿佛在沙漠中发现一株莲花。

于是，在那个妇女指引下，他走近这个妇女，说道：

“我出售人肉，请买下吧！”这个仙女模样的妇女说：“大勇士啊，你的人肉什么价钱？”他肩上背着死尸，向她展示手里拿着的一只珍珠脚镯，说道：“谁能给我与这只脚镯相同的脚镯，我就给他人肉。如果你有这样的脚镯，我就给你人肉。”

这个妇女听后，说道：“我有另一只这样的脚镯，因为那一只已经被你取走。我就是你在钉在尖桩上的那个人那里看到的那个妇女。我现在变换了模样，你认不出我了。人肉有什么用？如果你满足我提出的要求，我就把我的另一只脚镯送给你。”这位勇士听后，表示同意：“无论你提出什么要求，我立即照办。”

于是，她从头开始讲述自己的愿望：“贤士啊，在雪山顶上，有座名叫三钟的城市。那里有一位英勇的罗刹王，名叫楞巴吉赫伐。我是他的妻子，名叫维迪约吉卡，能随意变形。就在我的女儿出生时，我的丈夫不幸在战斗中在大王迦巴罗斯婆吒面前被杀死。于是，大王将他的城市送给我，我和女儿就一直舒服地住在那里。现在，我的女儿已经到达青春妙龄，我想把她嫁给一个英勇的青年。后来，在那个黑半月的第十四夜，我看见你与国王一起路过这里。我想，这个英勇的青年适合成为我的女婿，为何我不设法获得他？于是，我模仿钉在尖桩上的那个人的声音讨水喝，把你引到坟场。我施展幻力变换模样，说些谎话，只用片刻时间就骗得你的信任。然后，我使用计谋，让你取走我的一只脚镯，吸引你再来，仿佛用锁链捆住你。今天，这计谋生效，你来到这里。你就去我家中，娶我的女儿，也接受另一只脚镯吧。”

听完罗刹女的话，这位勇士表示同意。依靠罗刹女的幻力，阿输迦达多与她一起腾空前往她的城市。他看到雪山顶上这座金子制造的城市，仿佛旅途疲倦而停留在空中休息的日轮。他得到罗刹王的女儿，她名叫电光，仿佛是他的伟大成就的化身。阿输迦达多与可爱的妻子度过一些日子，享受岳母的财富。

然后，他对岳母说道：“请给我那只脚镯。我现在要去波罗奈城，因为我已向国王许诺，为他取来与你的那只脚镯相配的另一只脚镯。”岳母听后，交给他那只脚镯，另外还送给他一朵金莲花。阿输迦达多获得脚镯和金莲花，答应自己还会回来后，便与岳母一起出城。岳母再次施展幻力，带着他腾空到达坟场，停在一棵树下，对他说：“我经常在黑半月第十四夜来到这里。因此，你可以在那个夜晚来到这里，在这棵榕树下找到我。”阿输迦达多答应后，与罗刹女告别。

这样，他先回到父亲家中。他的父母处在与他分离的深重忧愁中，他的突然到来，使他们喜出望外。他的岳父国王得知消息，也来见他。他向国王俯首行礼。国王满怀喜悦，久久拥抱他，仿佛接触到一位勇士，全身汗毛害怕得纷纷竖起。

随即，他与国王一起进入王宫。阿输迦达多仿佛成为喜悦的化身，将那两只神奇的脚镯交给国王。这对脚镯发出叮当响声，仿佛赞美他的勇气。他又将那朵可爱的金莲花交给国王。这朵金莲花仿佛是从罗刹宝库的吉祥女神手中夺来的。为满足国王和王后出于好奇的询问，他讲述了自己的奇遇，悦耳动听。国王听后说道："这样的奇妙经历动人心弦，如果缺乏勇气，怎么能赢得光辉的荣誉？"国王和王后收下那对脚镯，认为女婿已经圆满完成任务。王宫里奏响节日的喜庆乐曲，仿佛赞颂阿输迦达多的美德。

图书在版编目(CIP)数据

茉莉和青春 / (印) 薄婆菩提著；黄宝生译. —上海：中西书局，2021

(梵语文学译丛)

ISBN 978-7-5475-1833-5

Ⅰ.①茉… Ⅱ.①薄… ②黄… Ⅲ.①戏剧文学-剧本-印度-中世纪 Ⅳ.①I351.33

中国版本图书馆 CIP 数据核字(2021)第 078680 号

MOLI HE QINGCHUN

茉莉和青春

[印度] 薄婆菩提 著 黄宝生 译

责任编辑 孙本初
装帧设计 黄 骏
责任印制 朱人杰

出版发行 上海世纪出版(集团)有限公司
中西書局(www.zxpress.com.cn)
地　　址 上海市陕西北路 457 号(邮政编码：200040)
印　　刷 上海肖华印务有限公司
开　　本 890×1240 毫米 1/32
印　　张 7.125
字　　数 110 000
版　　次 2021 年 7 月第 1 版 2021 年 7 月第 1 次印刷
书　　号 ISBN 978-7-5475-1833-5/I・215
定　　价 42.00 元